在世界盡頭遇見臺灣

羅聿◎著

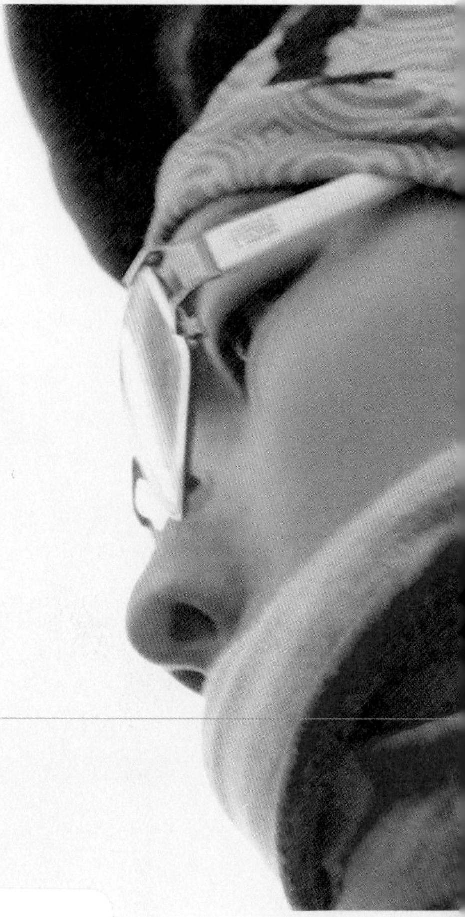

N 24° 48" E 120° 58"

國立清華大學出版社
NATIONAL TSING HUA UNIVERSITY PRESS

中華民國一○二年一月

Narvik 納爾維克
Kiruna
基律納
Karesuando
卡雷蘇安多
Svappavaara
斯瓦帕瓦拉
Pajala 帕亞拉
Gällivare 耶利瓦勒
Haparanda
哈帕蘭達
Sweden 瑞典
Luleå 呂勒奧
Piteå 皮特奧
Skellefteå 謝萊夫特奧
Umeå 于默奧
Sollefteå 索萊夫特奧
Sundsvall 松茲瓦爾
Gävle 耶夫勒
Forsmark 福什馬克
Uppsala 烏普薩拉
Stockholm 斯德哥爾摩
Norrköping 北雪平
Linköping
林雪平
Göteborg
哥登堡
Gotland 哥得蘭島
Malmö 馬爾默
N
W
E
S
方ÜN
2017.10

在世界盡頭遇見臺灣

MEET TAIWAN @ THE WORLDS END

【校長序】

活出精彩人生的清華人

國立清華大學校長 陳力俊

旅行可以增廣見聞，壯遊可以鍛鍊體魄，堅實心志，遠行則能賦予人莫大的勇氣和毅力；在地球村時代，年青人有很多機會遠行或壯遊，而羅聿同學正是極少數能把握機會，創造大多數人「心嚮往之，未能致之」抱憾之外可能的年青人。

每一年出國交換的學生很多，但羅聿是第一位到了國外還去關心當地華僑，為思鄉的遊子寫故事的清華學生。羅聿用行動表達了他對社會的關懷，也讓我們知道，原來在遙遠的國度裡，有一群和我們一樣的故鄉人。「他們的故事，是歷史的縮影，他們的無奈，是歷史的無奈」，「國籍再怎麼換，不變的是內在的中華文化，華人勤儉的精神」，感人至深。

羅聿延續著他在二〇一〇年以單車挑戰青藏高原的意志，一個人獨自騎單車跑遍了大半個瑞典，穿過廣大的森林、睡過陰森的墓地，走進了北極圈，他追逐的夢想鼓舞著我們，而他的實踐讓我們相信，一切都有可能。尤其難得的是，他捨棄挑戰青藏高原的高檔單車不用，改用一台沒有避震，通勤用的二手菜籃車，證明只要有夢，菜籃車也能帶我們走到遠方，讓美夢成真。羅聿說：「夢想在平凡裡藏著，經過偶然的觸動，才發現原來夢想就在我們身旁」。

這一趟千里尋訪的冒險旅程中，有溫馨、有孤獨和驚悚，看到羅聿一個人在荒野中淋著雨騎車，在高速公路上遇到爆胎事故，我們都忍不住為他緊張起來；看到他在北極圈的小村子裡幫助領養過臺灣孩子的瑞士婦人，我們的心都有了一份溫暖。

國立清華大學的教育理念是藉由充實、豐富與多元的校園生活，培養未來能活出精彩人生的清華人；校園生活廣義的說，是在校學習時期的生活，包括「走出去」的體驗；羅聿不僅坐而言，並起而行，完成了許多成年人都不能做到的壯舉；同時在瑞典「林雪平大學」交換學習之餘，能妥善規劃利用暑期時間，以單車為交通工具，獨自上路繞行大半個瑞典，親訪關懷遠居異鄉的華僑，是清華校訓「自強不息，厚德載物」的具體實踐；他認為「走得越遠，看見的世界越大，走得越蒼涼，面對世界的勇氣越強」，豈是在當前流行的臉書「按一個讚」了得，而是非常值得嘉許；他能善用在大學的黃金時間，堅持「關懷世界」初衷，促成自己在見聞、體魄、心志、勇氣和毅力各方面均出類拔萃，精彩人生可期。

清華大學一直以來都以培養關懷社會的領導人才為教育目標，鼓勵年青人逐夢，因而有「逐夢獎學金」的設置，贊助懷抱著夢想，並且勇於實踐的學生們，多年來，協助許多清華在校生圓夢，其中有多梯次的國際志工團以及羅聿的壯遊；另一方面，境外學習經驗也是拓展開闊人生的一環，因而與多國學術單位簽訂交換生計畫，包括羅聿所參與的與瑞典「林雪平大學」交換生計畫，讓同學們有機會在不同風土民情的學習環境有所體驗，加強外語能力，從事國民外交，培養國際觀，以冀在全球化時代，為個人與社會積聚競爭力。

去年在分批與清華課外活動表現優異同學座談之時，了解羅聿曾去非洲當國際志工一個月以及與朋友以單車挑戰青藏高原的壯舉，換取「千金難買」的經驗；今年又欣見他在課餘以單車繞行大半個瑞典關心當地華僑，「騎單車去找華僑」，為他們寫故事出書。誠如羅聿在自序中所說，這是清華出版社第一次為學生出書，這本書是很多夢想的結合；希望羅聿的故事可以感動更多的年輕人，讓我們的社會多一點這樣溫馨的故事，也祝福羅聿再接再厲，再創驚奇。

【推薦序】

溫馨與感動

國立清華大學教務長　陳信文

羅聿畢業於清華大學數學系，目前是生科系碩士班學生。我與羅聿的認識，起源於我在學務處的時候。第一次與他談話，覺得他有些靦腆，接著就覺得他相當深思、有獨特見地，非常令人喜歡。在此之後的每次見面，他總會帶來一些驚奇。如「騎腳踏車前往拉薩」，如從數學系考入生科所，並請李家維教授（我最欣賞的清華教授之一）擔任指導教授。這本《在世界盡頭遇見臺灣》的出版，則是近日最大的驚喜。

羅聿於大學部就讀時，申請了清華獎學金，前往瑞典林雪平大學擔任交換生。在瑞典的這段時間，他騎著單車尋找在地的老華僑，聽聽他們在異鄉落地生根的故事。本書就是記載著這段交換期間中，他的所見所聞。當他仍在瑞典時，偶爾會寄幾篇文稿給我，對我而言是相當愉快的閱讀經驗。每年前往世界各地交換的臺灣學生不少，但是會想到拜訪老華僑，並寫下他們的故事的，羅聿絕對是第一人。

「是誰向這邊馳來了呢？這裡有直立的炊煙，和睡意矇矓的駝鈴。」（鄭愁予〈黃昏的來客〉）。這是我讀本書時，所浮現這些老臺灣人初遇羅聿時的心中情景。〈深山裡的臺灣錦旗〉傳述著臺灣市民的活動力，以及人生偶遇之影響，也讓我回想到二十多年前在威洲綠灣市市政廳，意外見到中華民國國旗時的興奮。〈來自臺灣的間諜〉則帶有些許歷史上之傷感，但也勾起我當學生時與一些在美國的老臺灣人相聚時的情懷。

本書記載著一位對生命充滿熱情的年輕人的探索與故事，讀著心中滿是「溫馨與感動」。（「人們有時用豪情壯志做為旅行的精神，我用溫馨與感動做為我的鋪陳。」——本書〈世界的盡頭〉）這些經驗，將會使得生命更加豐富。瑞典應已成為羅聿之一部分，衷心祝福也相信羅聿在未來的人生中「能夠暢快地奔馳著，載著許多夢想出發，載著感動歸來。」（本書〈道別一同走過的天涯〉）也以此祝福閱讀此書的所有人！

【推薦序】

一群陌生的故鄉人的故事

國立清華大學人文社會研究中心主任／中央研究院院士　黃一農

當我年輕時，旅行的極限只不過是背起行囊在北海岸的山間小徑獨行數天。幾年前的一次逐夢獎學金評審會上，我聽到一位學生要組團從青海騎單車到西藏，而這個學生自己本身沒有騎車經驗，聽起來極其大膽，但是聽了他具體的行前訓練和規劃之後，他說服了我。

這個學生就是羅聿。

去西藏是許多人的夢想，我當時告訴他：「騎到拉薩是我們這種上了年紀的人的夢想，你們的夢想應該騎到古格去。」古格是西藏歷史上驚鴻一瞥的王朝，如今只留下頹敗的宮殿和謎樣的傳說在與印度交接的邊境盡頭。評審會結束以後，羅聿竟然滿懷期待地跑到了我的工作室詢問前往古格的方法，手上還拿著一本他去非洲做志工時寫下所見所聞的稿件，跟我討論出書的可能性。這個怪學生，讓人不能不印象深刻。

我在清華大學所創立的逐夢獎學金給過不少學生，羅聿是少數得獎之後做出回饋的人，他在圖書館網站架設逐夢名人堂，自己舉辦逐夢獎學金說明會，又到我先前與王俊秀教授合開的「跨界與探索」課堂上擔任助教，這些舉動令人動容。

勇於逐夢，是我們做為教育工作者對學生的期許；懂得感恩，則是我們堅持這筆獎學金的動力。

又是一個夏天，我再次收到羅聿的信。

他這回說要去拜訪遠在北極圈附近的華僑，而且是一個人用騎自行車的方式。雖然知道他有挑戰青藏公路的經驗，還是忍不住想知道他如何在遙遠的國度完成這個任務。他希望利用北歐夏天的永晝，以占天時之利；沿途住華僑家、搭帳棚，甚至「沙發衝浪」……光聽他的解說，便覺這趟旅程頗為可行。

華僑的歷史是一部流浪的歷史，羅聿用他筆中的感情讓我們分享這一群陌生的故鄉人的故事，而他沿途對瑞典文化的親歷親聞，也讓我們得以用很不一樣的角度去欣賞這個遙遠的國度。

從他一路上與人道別之後的落淚頻率，可想這個年輕人相當感性，他珍惜每一段回憶，在乎每一個在他生命中加入足跡的人。作為一個年輕旅人，他還有很多要經歷、要成長的未來。學會道別，只是他人生旅途的開始。

希望隨著歲月的飛逝，他仍然勇於逐夢，並幫助懷抱夢想的下一代。

【推薦序】

為雀躍的夢想種子而序，為夢想家而序

國立清華大學教授／清華學院執行長　王俊秀

當年在校友的支持下成立了「逐夢獎學金」與「還願獎學金」時，清華大學就已種下了培養夢想家的機制，為了促進清華人的敢性（敢作夢）與野性（玩出生活品味），二〇〇八年黃一農院士與我一起開設「跨界與探索」的逐夢課程，主張：有夢最美，夢圓更美，夢醒淒美。期許同學們養成終生逐夢習慣，享受逐夢的過程。因為人生中的夢想十之八九會破滅，但是如果沒有夢想，人生馬上就破滅。

羅聿同學在二〇〇九年修課，開始展現築夢的企圖心，他完成過許多公益夢想，包括團體大夢的一日清華人。先前他到非洲坦尚尼亞擔任國際志工，寫下了一篇篇讓人感動的文章，當時他的個人小夢就是要出版一本介紹坦尚尼亞的書，這個小夢很大，學期結束當然沒有完成。但對他而言，本課程已經成為一種「結束的開始」，接著一發不可收拾，他陸續在雜誌上發表自己的文章，因此也間接促成了清大出版社開始思考出版非學術性書籍。

二〇一一年暑假，我在丹麥的北歐亞洲研究中心客座，知道他以交換學生的身分在瑞典的林雪平大學，為了追求夢想——自行車環瑞典尋找老華人，還以跨國視訊參加逐夢獎學金的評審會，獲得通過支持，當時的夢想計畫其結果就是本書的內容。

作者並且持續擔任「跨界與探索」逐夢課程的助教，扮演著 Role Model 的角色，現身說法帶領學弟妹們追逐夢想，例如本學期的團體大夢包括：讓三度中風的沈君山校長可以再度下圍棋、校園聖誕樹各系排班騎自行車發電（很能呼應校訓的自強不息）、音樂中輟生音樂會等，他同時也帶領全班同學規劃與執行校園「熟悉的陌生人」計畫，未來一一為他們圓夢。

羅聿同學一路走來，夢想不斷，如今將夢想內容出版成書，不但是一個夢想的完成，更是許多未來夢想的啟動，雖然許多大學都在為社會培養各行各業的專家，但清華更願意培養更多關懷社會公益的夢想家，特此為序。

王俊秀

序於 2012/12/1

【自序】

這款流浪，很不一樣

羅聿

大學時候，我時常到榮民之家關懷。

顛沛流離了大半輩子，老榮民們的心中都有一種「回家」的期待，但是這個「家」何其遙遠，似乎只存在於他們童年的記憶裡頭。如今的「家」，只是地名而已。

前年我申請到夢寐以求的瑞典交換學生，原本打算要過一個單純享樂的交換生活，因為邂逅了瑞典的臺灣華僑而有了改變。華僑們給我一種熟悉的感覺，他們和老榮民們一樣，有著很淡、卻揮之不去的鄉愁。

對我們來說，流浪充滿浪漫的情調，但華僑們的「流浪」卻是賭上今生今世的記憶，離開熟悉的土地與人情。除非有一天，他們對故鄉的情感已完全被異鄉給取代，否則他們永遠是那個思鄉的遊子。

在尋訪瑞典華僑的過程中，我發現一件有趣的事情：臺灣華僑十之八九都是廚師，而且是瑞典各地中國餐館的建立者。這個謎的答案，無非是歷史的陰錯陽差，也許你在這本書找到解答的時候，會給三十年前的臺海兩岸，一個會心的笑。

除此之外，瑞典有許多來自印度的客家華僑，還有國民政府遷臺之前就來，之後就回不去的華僑。他們各自都有著不同的過往與流浪的緣由。這些小人物跟我們一樣平凡，但是他們的故事，是大歷史的縮影；他們的無奈，才是歷史的無奈。

正是這些渺小而真實的情感感動了我，使我決定用短暫的交換生涯，去聽華僑說故事，為他們寫故事。

來到瑞典之前不久，我才跟朋友騎單車走過了青藏公路，滿懷的熱血尚未冷卻，已跟隨著我來到歐洲，注入在尋訪華僑的心願裡。於是「騎單車去找華僑」的夢想誕生了。

在此之前，我不曾獨自旅行過，更不曾獨自騎著單車去旅行。

為了做足準備，我到修車店當學徒，趁著寒假到歐洲最南邊的小島獨遊，甚至用跨海視訊跟母校清華申請獎學金。然而事實證明「經驗」是千金難買的，出發不久我便發現自己多麼菜鳥，淋點雨就感到挫折，迷了路就緊張得要死。

兩年前，我騎著幾萬塊的高級登山車成功地挑戰青藏高原，志得意滿的同時，心底留下了一個疑問：今天如果沒有這台好車，我是否還能完成這趟旅程？為了證明「人定勝車」的假設，這次我決定騎著一台沒有避震，通勤用的二手菜籃車。

簡陋的菜籃車走得很慢，我的行程很快就落後預期的進度，但是每走一天，我便對自己的信念增加一分，當我終於到了最北的城鎮卡雷蘇安多（Karesuando）的時候，我忍不住舉起車子歡呼：我們成功了！事實證明，只要有夢，菜籃車也能帶我們走向遠方。

這本書總共有四十五個小故事，分別駐足在三個不同的主題裡頭：夢想、華僑和旅行。這三件事，正是我在瑞典一年的思想寫照，它們看似彼此獨立，卻有一種脈絡聯繫著彼此，我的旅程正是為了尋找這個脈絡裡頭快樂的、苦悶的，和感動的事情。

通往北極圈的路上，沒有壯闊的風景，只有無盡的綠蔭和不曾落下的太陽，當青澀的生命面對永恆與無盡的時候，會產生一種徹底的拉拔，那是痛苦的，也是痛快的成長。

回想一路上睡墓園、在森林的盡頭迷路、在高速公路上爆胎，幾度在荒野中絕望地想要回家，我總是問自己：「所為何來？」是一次次相遇的感動，一個個重逢的約定，使我在看不見終點的路途上，不斷挺身向前。

旅行能夠完成，要特別感謝 Simon（詹峻榮）、豬豬（謝馥蓉）、雲龍和瑞凱幾位朋友，在我旅行的每一天幫我把當日的里程和狀況上傳到臉書（facebook）上，讓我的父母和所有關心我的人可以透過網路知道我的旅程。謝謝你們陪著我走過這段路，少了你們一個都不行。

感謝學校的陳信文、陳榮順、王俊秀和黃一農諸位老師。前年去青藏的時候，陳信文老師就一直是我的支持者；從瑞典回來，轉任教務長的陳信文老師更給了我一個寶貴的機會，使我為「在世界盡頭遇見臺灣」展開了文字的新旅程。謝謝陳榮順老師跨海為我做逐夢獎學金的推薦，並在每次見面的時候，敦促著我寫作的進度。

很難相信，在短短的兩年裡，我從一個只會「幻想」的年輕人，變成一個力行的實踐者，要感謝王俊秀老師曾經給我上的一堂「跨界與探索」，讓我有追逐夢想的「敢性」，以及黃一農老師總是給我「又踢又打」的教育，學會在逐夢的過程中面對挫折還能爬起來，讓我變得很「耐打」。

這是清華第一次為學生出書，這本書不只是單純的出版品，而是許多夢想的結合，我們都在為夢想而努力。

目錄

夢想的地圖

華僑的身影

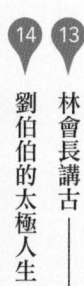

行者的足跡

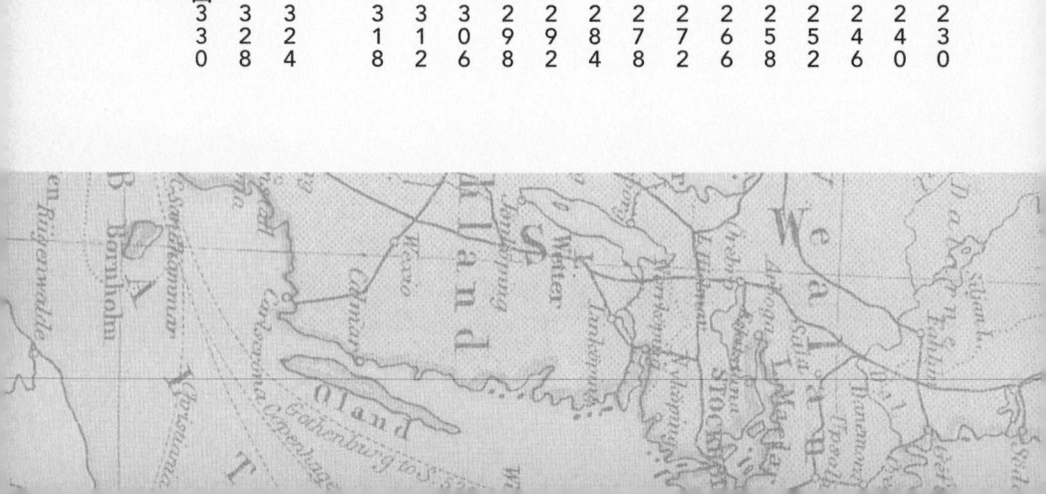

夢想的地圖

我們在平凡裡活著　夢想在平凡裡藏著

偶然的觸動　才發現

原來夢想

就在我們身旁

uvex
uvex

01 越遠的地方越帶勁

飛機在雲端上，正遠離熟悉的亞洲。

腦海中仍是父親送我到機場，與我剛剛道別的畫面，我卻已經坐在曼谷飛往斯德哥爾摩的班機上。大學幾年，每一年都坐飛機出去，每一次都只是短暫的旅程，最久的，也不過是去非洲當國際志工的那一個月。這次竟然是一整年的時間，一整年離開熟悉的臺灣。

不知為何，不敢相信自己真的要去交換學生了，也許自己期盼了太久，當美夢突然成真，讓人有些不敢置信。

國外的學校裡總是給我一種自然又寧靜的印象：滿地的綠意，幾處可以在裡面慢跑的森林，還有幾座沒有圍籬的小湖，最好有條小河流過，有小木船可以撐篙，然後在夜裡可以仰望著滿天星斗，在星輝斑爛裡放歌，就像徐志摩在康橋的夜晚。

我的成績不算太好，只因系上的同學們對出國交換這件事情似乎沒什麼興趣，讓我壓著邊線獲得了交換學生的獎學金。

這趟飛機要一年之後才會返回，一路上都是隱約的離愁。

依據清華大學的規則，拿到獎學金是一回事，去到哪個國家交換是另外一回事。獲獎的學生其實要去的志願都一樣，美國的明星學校永遠是炙手可熱，再來便是日本，歐洲是第三順位。不過在我的志願裡，歐洲是第一優先，那裡是大學的發源地。我可以選擇的地方有很多：有像德國、法國、英國這些大國，還有遙遠陌生的小國瑞典。

我選擇了瑞典。有些地方必須要趁年輕的時候去，尤其是遙遠的地方。年輕的眼睛，對世界一無所知，走的越遠，看見的世界也就越大；年輕的心，對世界毫無畏懼，走的越蒼涼，面對世界的勇氣也就越強。

我的母校清華大學和瑞典東部的林雪平大學（Linköping University）是十多年的姊妹校，林雪平大學今年很慷慨地開放了十二個名額給我們，跟我一樣抱持著去瑞典探險的同學們很多，最後以抽籤決定我們的命運。

當時桌上擺著二十隻籤，承辦人抽一支開一支，這樣的機率只會越抽越低，我看見前面連中三個人以後，趕緊上前選走了一支籤。上天眷顧，我幸運地得到了林雪平的資格！感覺就跟傑克在碼頭的賭場裡，拿到了鐵達尼號的船票一樣。

在臺灣，瑞典永遠脫離不了瑞士的陰影，每次跟朋友說：「我要去瑞典。」總會聽到以下的回應：「喔！那邊有勞力士對不對？」或者：「那邊的刀很有名吧，你幫我帶一把正牌瑞士刀回來吧！」這個國度是這麼的沒有存在感，領土比別人大，著名的東西也不少，卻沒有「合法地位」。

這表示我們需要有人去到這個國家，好好生活一番，然後把這個國家的風土民情帶回來，讓它清清楚楚地在普羅大眾的意識裡，成為一個真實的所在。

也許這才是我去瑞典的理由。

還在為出國做心理建設的時候，我的人已來到阿蘭達機場（Stockholm Arlanda Airport）。

才結束二十個小時的飛行，又從地鐵展開新的旅程。

02 中國飯店與中國菜

今天是我第一次從學校來到市區。

那些歐式的古老房子令我興奮不已，陌生卻令人嚮往。這裡只有教堂是雄偉的，其他的房子都是小巧的。

林雪平的大教堂在十二世紀曾經是主教教堂，因此才能建得如此輝煌，市民需要祈禱，只要抬頭就看得見朝拜的位置。

時至今日，大教堂成了最好的座標，問路的人只要以大教堂為中心，市區之內沒有找不到的地方。令人驚喜的是，其他的房子並沒有因為攀附主教教堂的裙帶關係，而建得特別高聳，該屬於天空的顏色絕不沾染，該屬於禱告的視野絕不掩蓋。

我滿懷好奇地到處觀看，突然被一個熟悉的畫面給吸引。這個畫面應該不在記憶裡，而是在意象之中，是強烈的意象引起了熟悉的感覺。我正在仰望著一間位於二樓的店面，透明的窗口裡頭，掛有幾盞中國燈籠，原來是一間中國餐館。

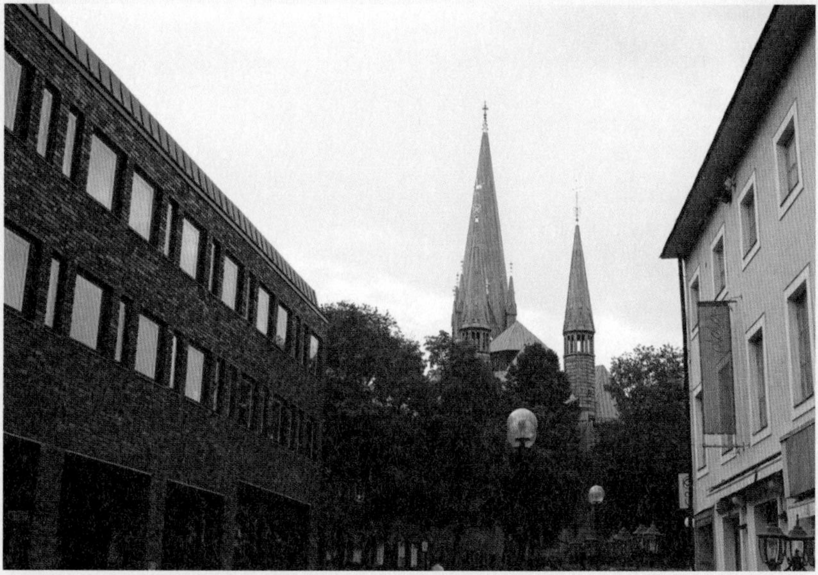

市民只要抬起頭，隨時都可以向大教堂祈禱。

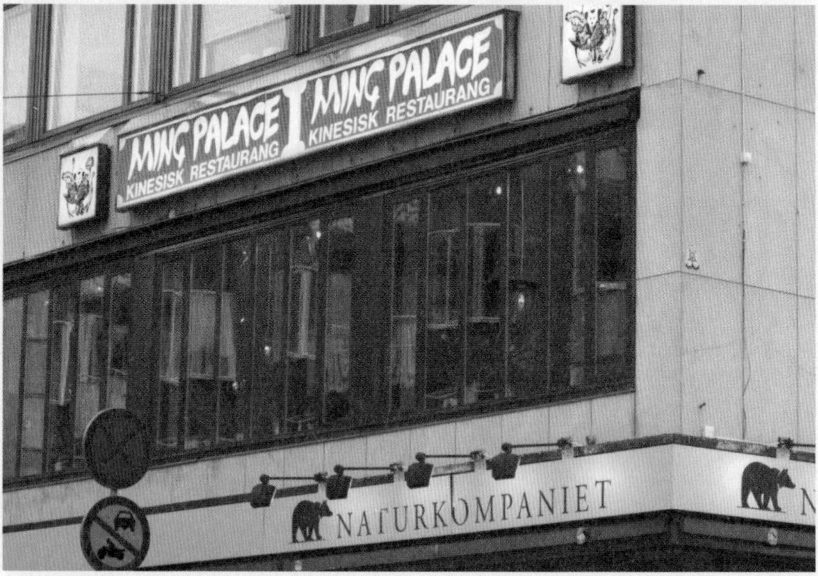

紅色的窗簾，紅色的燈籠，帶來強烈的熟悉。

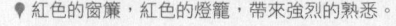

最醒目的，還是牆上那紅底黑字的春聯。

人在歐洲，到處都能被陌生的美感給吸引，中國餐館卻給我一種熟悉的美感，雖然嚴格地說，它也是陌生的。

中國餐館的擺設應該是不尋常的，在大陸也許有不少，只是再看看桌椅的設計、櫃檯的陳列，又不盡相同了。但光憑這些中國餐館的外觀，卻能讓我們輕易地在滿目陌生的建築之中，覓得強烈的熟悉感，你彷彿能聽見它的呼喚：「快來！快來！這裡是中國餐館。」

與中國餐館的邂逅，留給我深深的印象。

幾天之後，我在瑞典西岸的大城市哥登堡（Göteborg）又遇到了中國餐館，當我走進了這間中國餐館，那一股熟悉的意象和我在林雪平感受得一模一樣。

中國餐館究竟是什麼模樣呢？這幾乎可以當作一個文化遺產的議題來討論了：中國餐館裡有鏤刻的木窗，上面垂著大大的流蘇燈籠；桌面的玻璃下，放有中國古典美人的圖片，旁邊往往有書法詩詞。

即便是最繁華的市中心，瑞典的天空永遠是最遼闊的。

中國飯店裡充滿著熟悉的意象。

這些東西通常看起來都很老舊，彷彿跟著主人打拚過一家又一家的店面，流浪到了哪裡，只要燈籠一掛，春聯一貼，就有新年似的張燈結綵，鵝黃的燈光讓紅地毯溫暖起來，中國餐館的味道就差不多了。這時如果音響再傳來活潑的笛聲、激昂的二胡，那就什麼都到位了。

走進中國餐館的客人，多半在外頭就已經準備好了心情，要來享受裡面的熱鬧氛圍。瑞典的街上到了傍晚就人煙稀少，在孤寂的街頭邂逅到一間中國餐館，相信誰都忍不住想進去喝一杯小酒，吃幾樣小菜，暖一暖心。

瑞典的中國餐館裡有幾樣招牌的菜色：筍絲牛、菠蘿雞、咕咾肉、炸蝦。這四樣菜常常被做成拼盤，甚至有個瑞典名號叫「四小菜」（瑞典文：Fyra små rätter）。

四小菜是瑞典人對中國美食的第一印象，據說走遍瑞典的中國餐館，四小菜永遠在菜單上頭。但有趣的是，大概除了炸蝦和咕咾肉，其他的幾樣菜，恐怕我們都是第一次聽過，說明白一點，我們根本不吃。

這些菜色究竟從何而來，誰也說不清楚。也許是老師傅們在瑞典長久研究下來的心得。有位華僑告訴我，瑞典人對口味很執著，他們喜歡吃有醬的東西，最好有甜又有酸，所以菠蘿雞用了鳳梨罐頭配雞肉片，咕咾肉用了甜酸醬來配豬肉。就連炸蝦，旁邊都要附一小碟的甜酸醬。

瑞典人家喻戶曉的四小菜。

最正常的大概是筍絲牛了，這道菜是用泰國來的罐頭竹筍片，筍片切絲以後，跟牛肉一起炒。瑞典人對於竹筍脆脆的口感情有獨鍾，也許他們應該來一趟臺灣，會了解世界上原來有比罐頭竹筍更好吃的口感。

瑞典人吃東西還有幾個要求：見肉不見骨、只吃雞胸不吃雞腿。這些規矩似乎也是老華僑歷經了許多挫折之後的寶貴經驗。總之，如果你來瑞典，無論點什麼中國菜，只要用筷子就能搞定，因為這裡的肉類全是去骨的，炸蝦也是剝了殼的。

雖然要求很多，但是瑞典人只要口味對了，就像遇見了知己一樣，不離不棄。

瑞典人是一個戀舊的民族，一旦他愛上了你的菜色，這就是他一生重要的記憶，這段記憶不會被壽司取代，不會被沙威瑪取代。

炸蝦和炸春捲是必點的兩樣點心。

馬爾默的中國餐館。

他願意成為你幾十年的老顧客，就算鎮上開了新的店，他還是會毫不猶豫地來到你的店裡，坐在熟悉的位置上，點著熟悉的菜——這就是瑞典人，和他們的中國餐館。

因此，變調的中國菜不是荒腔走板，而是在瑞典裡有了新的生命。

位於斯德哥爾摩老城區的寶島飯店，曾經是臺灣華僑的驕傲。

中國餐館常見的 Buffet。

大紅燈籠帶來了熱鬧與溫暖。

03 不再流浪的華僑

雙十國慶快要到了，剛好學校第一個學期結束。因為假期不長，我決定到首都斯德哥爾摩參加國慶酒會，順便來找謝阿姨。

謝阿姨是母親朋友的表妹，和我一樣是苗栗的客家人，見了面才知道彼此是同鄉加鄰居，我們家都住在火車站附近。

謝阿姨的中國餐廳開在一個叫離島（Vaxholm）的地方，這裡是一個避暑勝地，夏天的時候，斯德哥爾摩的人都會來這裡玩。

十月的瑞典已經失去了夏天的溫暖，街上的行人都換上了皮衣，我也穿起厚外套。此刻的離島冷冷清清的，岸邊停滿了小艇，一副人去樓空的樣子。

我告訴謝阿姨我想要採訪像她這樣的老華僑，謝阿姨很開心地答應了，還把我介紹給她的丈夫謝叔叔。「華源，有個臺灣來的留學生要來採訪我們啊，他想要聽瑞典老華僑奮鬥的故事。」謝阿姨走進廚房吆喝著。

辛苦打拚了二十幾年，謝叔叔和謝阿姨決定不再那麼忙碌，重新經營起一家小店。

從跑堂到廚師，從廚師到老闆，無論手中是盤子是杓子，謝叔叔都拿得認真。

俏皮的謝阿姨總是笑得很燦爛。

謝叔叔是印度的客家人。他的父親來自廣東梅縣，因為生活不容易，坐船到印度討生活，做起了皮革生意。客家人喜歡群聚生活，這群客家人在印度東部的加爾各達（Kolkata）打造了跟家鄉一樣的客家村。

謝阿姨和謝叔叔邂逅在中央日報上的筆友專欄，當時謝叔叔在加拿大留學，謝阿姨收到這位印度筆友從加拿大寄來的聖誕卡，覺得很驚訝，相詢之下才知道謝叔叔是在印度長大的華僑。

某一年的國慶，謝叔叔千里迢迢地來到臺灣，不僅為了慶祝國慶，也來見一見謝阿姨。謝阿姨帶了謝叔叔回到苗栗老家，穩重的紳士氣質又飽讀詩書，謝阿姨的媽媽越看越喜歡，打算讓謝叔叔留下來當女婿。

謝阿姨本來不姓謝，但根據客家人的習俗，女子出嫁以後要冠夫姓，因此大家都叫她「謝阿姨」。

謝叔叔離開印度要去加拿大留學的時候，父親曾經對他叮囑過：一定要跟中國女孩子結婚，如果娶了外國女子，就不要回印度。如今謝叔叔要在臺灣成親了，遠在印度的謝父一聽兒子要跟臺灣女孩結婚，高興的不得了。

老一輩的華僑都有一個觀念，就是要和華人結為親家。

聽起來是個保守到不行的封建思想，卻反映了華僑們延續文化的堅持。

為了討生活才到海外的人，只會離故鄉越來越遠，最後終於落地生根，切斷了和故鄉的關係。因此，和相同民族的對象結婚，就是把兩個和故鄉切斷的聯繫再銜接起來。於是，這樣的家庭仍舊代表著中華文化，他們的文化身分不會改變。

當一個國家的人民為了生存的理由而不斷出走時，就表示這個國家正處在一個動盪的時刻。走不了的，才留下來，能走的，就走吧！

謝叔叔那一輩華僑，心裡都有一個不曾回過的故鄉，印度的故鄉只是生長的故鄉，在更遠的地方，還有一個故鄉，那個地方才是精神的故鄉，血緣的故鄉。

可是他們必須繼續流浪，去到更遠的地方生活。

因為不少親戚在瑞典，謝叔叔一九七六年年底來到這裡找差事。擁有不錯學歷的他，本以為可以找到不錯的工作，但是問了幾家公司都被拒絕了，「你的學歷很好，但是我們需要的是會講瑞典語的人。」面試官這麼告訴他。找不到工作，生活越來越緊張，有個親戚建議謝叔叔：

「要不然，你去飯店裡當師傅吧！」

十月的離島冷冷清清地，連帶地餐飲業的生意也受到影響。

謝阿姨曾經在一個小鎮開了十多年的大飯店，要離開的時候，當地的記者還特地為她做了專題報導。

為了養家活口，謝叔叔毅然決然去中國餐廳裡學炒菜。

夫婦倆在瑞典北部的呂勒奧（Luleå）待了一年，呂勒奧的冬天很長，黑夜也很長，有四個月的時間是無盡的寒夜。

遠離了家人和朋友，寒夜是多麼的孤寂。

這天下了班，夫婦倆走在大街上。大街上飄著雪，兩個人都很沉默，各自流下了眼淚。

眼淚還來不及落下，早已凍成了冰，又在臉上融化，刺痛之間，臉上的溫暖已然消散。

只有那緊握的雙手，守著僅有的溫存。

人生是一個階段又一個階段的過程，謝叔叔從小飯店的炒菜師傅出發，努力了幾年之後攢了些錢，在斯德哥爾摩附近的小鎮開了有兩百個座位的北京飯店。生意好，但是夫婦倆得日夜兼差，忙得不可開交，幾年前決定把店賣掉，來到郊區買下小店。

生活總算不再那麼忙碌，一切又回到了最初的開始。

「很多時候你是逼不得已才走上這條路，因此你要學會轉變自己的角色，才能生存下去。」謝叔叔炒著菜，雖然沒有看著我，但我感覺他很專注地在跟我說話。

從印度華僑變成瑞典華僑，國籍再怎麼換，不變的是內在的中華文化、華人勤儉的精神。這股精神流浪了兩個世代，終於可以安定下來，不用再繼續流浪。

04 國慶會上話當年

國慶酒會辦在圓山飯店，這間中國餐館很大，地下一樓又有廣場可以活動，每次華僑的大型聚會都在這裡。

才走進門，彷彿就回到了臺灣，到處可以聽見親切的臺語、客語，甚至連原住民語都有，飯店內滿目的華人面孔，全都來自臺灣。

既像過年圍爐，又像結婚喜酒，飯店裡擺滿了圓桌，一副要吃辦桌的樣子，不少人看上去是個家族，老的有些都雞皮鶴髮了，小的有些還在襁褓。

我們來得早，活動還沒開始，謝阿姨帶著我到處去跟人打招呼，沒想到她人緣這麼好，老一輩的都跟她很熟。

幾位老人家，聽了謝阿姨的說明，就拉著我坐在他們旁邊，你一句、我一句的講起來：「我民國六十五年來的！」「我更早一點，我民國五十八年就來了。」當年來到瑞典打拼的過往果真是老華僑們的話匣子，一打開，就是三十年的歲月。

無論春節還是國慶，圓山飯店都是瑞典華僑聚會的地方。

瑞典的臺灣老華僑來到這裡的時間大約都在民國六十年到七十年之間，那時的臺灣在外交上正面臨重大的困境，邦交國一個又一個與臺灣斷交。聯合國的會議上，年年都在討論著中國主權的問題。

就在這個時候，瑞典要引進中國餐廳，打算到中國大陸去找餐廳師傅。但大陸正值文化大革命時期，大家吃不飽，但也出不去，更何況要去一個西方國家，誰敢說：「我要去瑞典討生活」？

瑞典吃了閉門羹，就轉往臺灣來找，碰巧找到了不少從前隨著國民政府到臺灣的廚師，這群人不但有一手好廚藝，多半都有成群的優秀徒弟，個個都能獨當一面。

瑞典來的徵人啟示迅速地傳開了，大家口耳相傳，幾個臺灣的年輕廚師聽了朋友介紹，議論紛紛：「聽說瑞典那邊生活不錯吔，臺幣和瑞典錢一比八，我們去那邊賺上個三五年，就可以回來開店當老闆了！」年輕人越想越興奮，彷彿海外正有個美好的未來召喚著他們，引領他們去追。

「一起到海外去闖闖吧！說不定也能跟老師傅一樣當個體面的老闆。」這一群人來到瑞典，一直待到今天，成為了瑞典的臺灣華僑。

剛來的臺灣華僑都在西岸的哥登堡打工。那時大家的生活都很清苦，沒有娛樂，下了班，就彼此串門子，過著大家庭一般的生活。幾年後，大家都有了積蓄，分散到各地去開店，如願當起了大老闆，開創一番新事業。

因為這一群海外逐夢的臺灣華僑，瑞典各地有了中國餐館。

中國菜在瑞典風靡至今，成為無數瑞典人的童年回憶：小時候爸爸帶著全家去鎮上那唯一一家的中國餐館，要提前一個小時去，不然排的隊伍會太長，館子裡面像是童話裡的東方皇宮，還有畫一般的字，老闆娘總是用她不太標準的瑞典語招呼大家。

「親愛的各位同胞，我們的國慶酒會要開始了，請大家肅靜。」司儀打斷大家的談話，「中華民國建國一百年國慶典禮，典禮開始，唱國歌。」

人在海外，聽見國歌格外地肅穆，緩慢的旋律不斷勾起對於臺灣的思念。對於國家的歸屬感，我第一次感受這麼深，這一刻充滿感動，也充滿激動。

總覺得老華僑的生命故事似曾相似，他們身上有種氣息跟我生命中遭遇的某個族群好像。

不就是老榮民嗎？

老榮民也是離鄉背井，他們剛來到臺灣的時候，也想著：「再過不久就要回家！」。可是歷史把老榮民留了下來，也把老華僑留了下來。

回家的聲音在他們的心中吶喊了三、四十年，有一天他們終於回到了老家，街坊鄰居老的老，走的走，他們看到的，是迷惘；聽到的，是嘆息。最後，只好短暫地和親戚朋友寒暄幾句，請幾桌飯，就匆匆告辭。

回家，是一生最重要的期盼，卻也是最遙遠的期盼。

九十九年國慶，這是屬於我們每一個人的。

年齡的遞嬗裡，埋藏的是許多的往事。

走入飯店才知道，瑞典有這麼多臺灣華僑。

在海外唱國歌，充滿感動與激動。

05 修車店裡的修行

林雪平大學校內沒有宿舍，而是包給附近一個社區的租屋公司，我們大家都住在這個叫做律德（Ryd）的社區，因為住得近，像個小村莊一樣，我們就叫這邊「林村」。

學校和林村有段距離，走路要十幾分鐘，大部分的人都騎腳踏車上學。林村裡面有很多的腳踏車，冬天下雪，放在屋外的腳踏車一旦被雪覆蓋就完了，大雪過後，積雪會變成冰，把一台好好的腳踏車腐蝕得面目全非。

腳踏車是大家必備的交通工具，維修率非常高。剛來到林雪平的時候，大家都送去社區賣場的一家修車店，但是那邊的老闆喜歡漫天喊價，態度又很糟，修與不修，全憑他一時高興。有一回老闆把我給惹火了，決定自己去買修車工具修車。

從此臺灣同學的車子都交給了我，不再需要受修車老闆的氣。有一天，我到宿舍隔壁的地下室去洗衣服，發現原來林村的租屋公司設有一個修車部門，就在洗衣室的旁邊，叫做「FR in Ryd」（以下簡稱：FR），什麼廣告標誌都沒有，很容易被人忽略。

FR很神祕，只有週二、週日會開，每次只開兩小時，平常時間都是大門深鎖。我特地在某次開放時間來到FR，遇到了裡面的工作人員，我問他能不能讓我加入FR，他說應該沒問題，但是要老闆同意才行。我抄下了老闆的Email，寫信過去毛遂自薦。

過沒幾天，FR的老闆很熱情地寫信給我：「歡迎你的加入，以後我把你排在跟我同一次值班怎樣？這樣我們可以一起工作。」

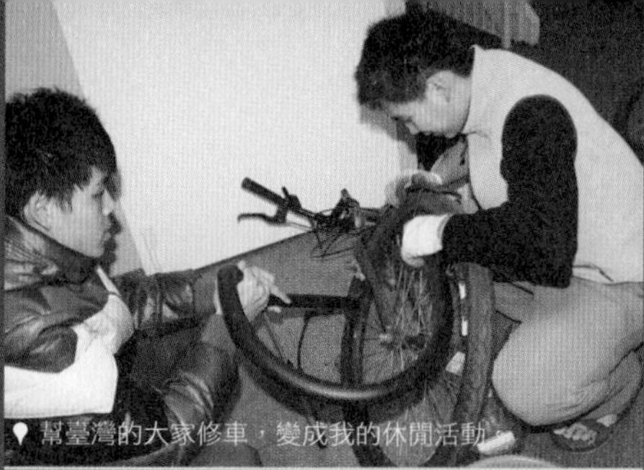
幫臺灣的大家修車，變成我的休閒活動。

與我年紀相仿的老闆維克特（Viktor）。

雖然FR的宗旨是提供場地和工具，我們總是會親自幫忙客人修車。

來到 FR 之前，我對我的修車技巧是很得意的，臺灣的同學們也很相信我，車子有什麼問題，只要牽過來給我就對了。

沒想到第一次在 FR 工作就碰上各種古怪的問題：像是踏板可以踩，但是鏈子不會轉；螺絲明明鎖緊，輪子轉起來就是左右搖擺等等，還好現場有老闆和另外一位瑞典同事，我可以即時求救。這裡的同事人都很好，每次我拜託他們，他們都義不容辭。

他們修車技術簡直是出神入化，一眼就能看出問題所在，修理的步驟也了然於胸，我才發現自己是來當學徒的。

我一直很好奇這些同事的修車技術為何如此高超，有一回工作完，我們聚在一起聊天，我問了這個問題。

老闆說，在瑞典家庭裡，孩子們從小就跟著爸爸在倉庫裡修車子、鋸木頭，家裡有什麼東西壞掉，爸爸就帶他們去五金行買材料跟零件，自己回家修理。因此機械、木工、水電，他們樣樣精通。

從小就學著自己動手解決生活上的問題，這是一種訓練，也是一種教育，他們不僅學會解決問題的能力，更學會如何照顧自己的家。FR 很快就變成了我的教室，而我的同事們都成了我的老師。

車行裡除了瑞典人、巴基斯坦人，還有來自臺灣的我。

每次工作完，每個人可以拿到一瓶汽水，這天老闆和我一起騎著改裝車要去超市補貨。

瑞典的學制有四個學期，每個學期只有兩個月。最近剛好第一個學期結束，我帶著兩個馬鞍袋、外套和背包，騎著通勤用的菜籃車，在晨曦之中上路去了。

今天本來要去兩百公里之外的斯德哥爾摩，但我不知道今天溫度創了新低，甚至是林雪平今年第一次下雪的日子，在路上的時候背包竟然結冰了，吃東西的時候發現巧克力硬得跟水泥一樣，我的四肢凍得發麻，不時傳來刺痛的感覺，我興起了回頭的打算。

車子騎回頭沒多久，我又躊躇了。

昨晚盧安達的室友對我說：「我記得以前有個叫馬可波羅的人，他從威尼斯走到中國，你想想他，再想想從林雪平到斯德哥爾摩，你就會覺得這件事不是不可能的。」

如果馬可波羅已經走到了哈薩克，他一定不會放棄繼續走到中國。

既然走到兩百公里外的斯德哥爾摩不可行，那走到二十一公里外的北雪平（Norrköping）應該有機會吧！

我拚了命騎到北雪平，用光了身上的食物和水，回去的路上更加狼狽，車子被爛泥弄得骯髒不堪，變速有些失靈，我的腳也有些失靈，膝蓋似生鏽一般，每踩一圈踏板都在作痛。

我一身裝備承受的了青藏高原，卻承受不住瑞典寒秋。

這一次的死裡逃生，讓我更想挑戰環繞瑞典的夢想。在這個北方國度，天時很重要，我不能選在寒冷的冬天，應該要選在舒爽的夏日，而且這裡的夏日有永晝，到時候我想騎多久就能騎多久。

過幾天，我到斯德哥爾摩去找謝阿姨，剛好碰上華僑長青會，我又一次跟老華僑們接觸。回來的路上，心裡似乎有兩件事情糾纏著：我既想在暑假去採訪華僑，也想要騎車環瑞典。

兩個夢想都對我來說都好重要，好吸引人，但是這兩件事情八竿子打不著。單車環瑞典是旅行，拜訪華僑何嘗不是旅行？既然都是旅行，何不來一趟拜訪華僑的單車旅行？

我的旅程既不能少了華僑，也不能少了單車，用單車去到世界盡頭，在沿途中尋訪臺灣華僑，我要在世界的盡頭遇見這一群來自故鄉的人。

「在世界盡頭遇見臺灣！」我突然喊出一個迷人的口號。

夢想就在胡思亂想中起了頭。

巧克力醬凍得跟乾掉的水泥一樣硬。

連馬都要穿衣服的寒秋。

帶著當初去青藏公路的裝備，卻忘了當初的勇敢與堅毅。

07 夢想藏在垃圾桶裡

為了準備暑假的單車計畫，我想盡辦法籌錢，撿回收成了我重要的方案之一。

雖然瑞典物價昂貴，但是回收瓶罐還是可以換到不少錢。他們有一套厲害的回收機器，可以把送進去的瓶罐秤重和量測大小，藉以辨識這個瓶罐的回收金，操作完以後，按個鈕，機器就會跑出一張紙，可以拿去賣場折扣，也可以直接換錢。這樣的機器通常擺在賣場的門口旁，大家週末來購物的時候，可以先來回收瓶罐，拿了領據，等下購物的時候可以順便在賣場折扣。

這套回收機制曾經也在臺灣盛行過，記得小時候買汽水，家裡都會把寶特瓶和鐵鋁罐留下來，可以拿到雜貨店換錢。

寶特瓶的價碼是一個五毛，收集二十個，就可以換一瓶麥香紅茶。大人喝的米酒、高粱酒的玻璃瓶子也可以回收，價錢更好，我印象中一個玻璃瓶可以換五塊錢，兩個酒瓶子就有麥香紅茶可以喝了。

不知道在什麼時候，這個美好的制度被取消了，從那時候起，大家有好長一段時間都不再回收瓶罐，直接往垃圾桶裡丟。馬路上，隨手亂扔的瓶罐越來越多，童年時候的乾淨街道再也找不回來。

雖然這套「回收瓶罐換現金」的制度在寶島上無疾而終，在北歐國家卻成了優良傳統。在瑞典買飲料，都要先付瓶罐的回收費用，而且相當高，一個鐵鋁罐的回收費是臺幣二點五元、一點五公升的寶特瓶是新臺幣五塊、兩公升的十塊，至於玻璃瓶和酒罐，都有不同的價碼。

攝影者：陳芳緯。

每一次看到晨曦，就覺得自己距離夢想更近一步。

隨著冬天到來，到學校撿寶特瓶的次數也就減少了。

這樣的方式多少讓瑞典人不會隨地亂扔，瑞典的街道基本上是看不見瓶罐的。

不過在學校，學生大多懶得把喝完的飲料罐丟到回收桶，通常都直接放在桌子上，或是仍到教室後頭的垃圾桶，一天下來，教室和餐廳都是一片狼藉。

林雪平大學的學生卡很好用，可以出入每一棟建築的公共空間，像是教室和大廳——這些地方最容易出現飲料罐。我常起了個大早，天還沒亮，就帶著宜家（IKEA）的袋子到學校去收瓶子。

走在空蕩蕩的走廊上，每一步都會引來悠遠的回音，讓人不自覺地緊張起來。有一回我正走出一間教室，遠方突然傳來蹣跚的腳步聲，越來越近，聽起來好像是管理員在巡邏。長長的走廊無處可躲，教室的燈光是感應式的，只要有人就會亮。我把袋子藏在教室裡，站在走廊上，屏住氣，等候管理員的到來，順便想該怎麼解釋。

腳步聲靠近到一個地方以後停了下來，接著，傳來了馬桶的沖水聲……。

這個攢錢的方法不是秘密，收入很不穩定。運氣好的時候，瓶子多到載不完，運氣不好的時候，所有的垃圾桶都空空如也。

有時候可以到宿舍外面的回收間碰碰運氣，尤其是週末的下午，世界各國的學生都愛喝酒，週末的舞會之後，常常會有大箱大箱的酒瓶被扔出來。

下雪的日子外出很困難，車子容易打滑，手也凍得不聽使喚，隨著冬天的到來，我去撿瓶子的日子也越來越少。

一年下來，換了臺幣兩千塊的回收錢，沒有很多，但是每一份錢感覺都很踏實。每一次換了錢回來，我看到夢想正一分一分地拼湊起來。

除了回收瓶罐，投稿也讓我賺了一點夢想資金。

中秋節的時候，林雪平的交換生相約到附近一位臺灣阿姨家烤肉，我和幾個同學來得比較早，就在阿姨的客廳裡坐著聊天。剛好桌子下面有一疊中文雜誌，看起來不像臺灣的，我拿了一本來看，上面寫著：北歐華人通訊雜誌。

阿姨告訴我，這本雜誌是挪威的一個華僑辦的，兩個月刊一次，辦了有二十年了。北歐的華人移民的很晚，自然也少，挪威、丹麥、瑞典的華人加起來不知道有沒有十萬人。人少，風土民情又差很多，《北歐華人通訊雜誌》就成了北歐華僑精神糧食。

我翻了幾頁，內容除了有北歐華人自己的投稿之外，大多的內容是從大陸的雜誌社借文章來刊載，應該是很需要稿件。我跟臺灣阿姨借了一本回家，找到了投稿信箱，把我的一篇文章寄過去，打算碰個運氣。

北歐華人通訊的編輯收了我的文章，支付給我數目不多的稿費。

錢不是最重要的，重要的是這篇文章可以被北歐所有的華僑看見，這是一本簡體的雜誌，編輯很大方地讓我用繁體字刊出，令我受寵若驚。

這天，我又到賣場去回收瓶子，回來的時候收到了《北歐華人通訊》寄來的最新一期，我迫不及待打開。

看著自己的文章被刊印在雜誌上，我彷彿看見了即將到來的旅行。也許明年的此時，我又寫下了新的故事。

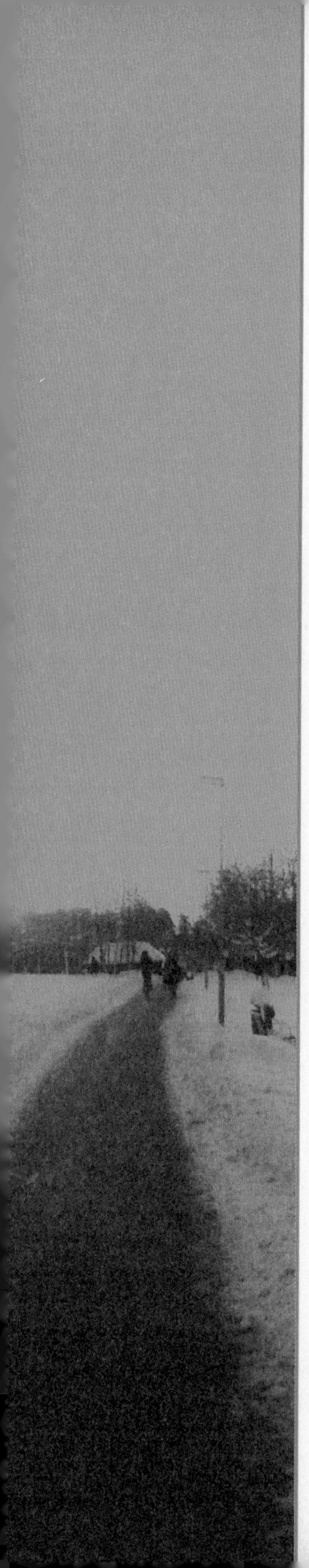

08

加那利島的生存遊戲

白日昏昏燈暗遲，秋聲悼樹僅枯枝，西風寄語葉零落，天凍雲寒欲雪時。

下個月就是聖誕節了，此刻的瑞典已經覆蓋上聖潔的雪，長長的黑夜讓人沮喪，早上九點才天亮，下午三點，天就黑了。

臺灣同學的聚會上，大家都在討論著聖誕節要去哪裡玩？來瑞典當然要去看極光。有一組人早已組了極光團，要去瑞典北部的基律那，聽說是個套裝行程，還可以順便體驗瑞典北部原住民的原始生活。另一組人則是要去德國、法國，在浪漫的巴黎跨年。

有個學姊問我：「羅聿，你聖誕節要去哪裡啊？」「我要去加那利群島。」一直沉默的我，說了一個大家都沒聽過的地方。學姊一陣驚訝，大家的耳朵也因為這個陌生的字眼而豎起。「加那利？那是什麼地方？」「它是歐洲最西南邊的島嶼，嚴格地說……它在北非。」學姊又問我：「北非？你幹嘛跑到那麼遠的地方？」

早上九點，天色依舊昏沉。

走往學校的路上，街燈依舊亮著。

我對島嶼一向有獨特的偏愛，多虧了島嶼，人類才能把許多秘密藏在歷史之中。在大航海時代，島嶼比大陸還要有價值，島嶼是補給站，是防禦設施，是偉大秘密埋藏的地點。所有的藏寶圖上，寶藏永遠埋在島嶼的某處。

只是，也不是所有的島都能去，我的錢只夠買廉價航空，只能看著Rynair的航線上找。拿破崙的出生地科西嘉島是我的首選，可惜這個地方的機票早在兩個月前就賣光了。

「大加那利島（Gran Canaria）……？」我不經意看到有Rynair的班機飛到這裡，因為航線太長，要用滑鼠移動地圖才看得到，感覺是個被世界遺忘的角落。站在世界的角落，往往能看見不一樣的天地，我決定把自己丟到加那利群島去。

當所有臺灣同學在瑞典北方坐著馴鹿車時，我跑到了溫暖的加那利群島流浪。這一年的「夏天」，感覺過得特別長。

那裡一共有七座島嶼，橫列在非洲的西北方，就像垂在非洲大陸耳際的一串美麗耳環，閃爍在大西洋上。

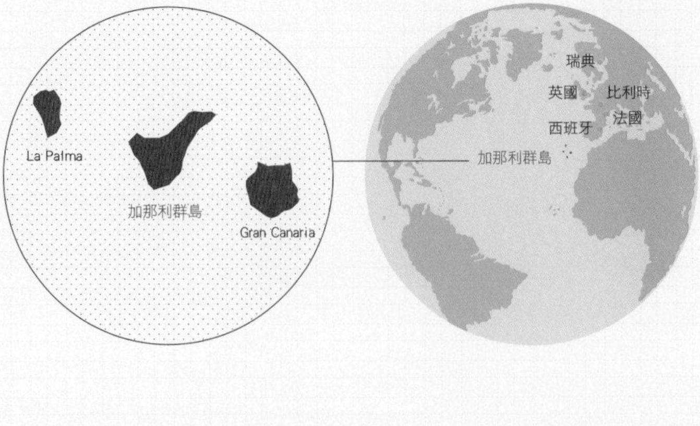

「加那利群島」的名號不輸給科西嘉島，它成名的時間比拿破崙更早，它的故事比拿破崙還要令人振奮。五百年前，一個義大利的探險家帶著他的探險計畫來到了西班牙，告訴女王：「地球是圓的，只要我們航向大海的盡頭，有一天我們也可以到達遠東。」在場的大臣議論紛紛，「這傢伙分明是哥白尼的信徒！」而英明的女王聆聽了這位探險家的計畫之後，點頭答允。

於是義大利籍的探險家帶著西班牙的船隊，向未知的大海駛去。當時的地圖上，加那利群島是已知世界的邊緣，探險家來到拉．貢梅拉島（La Gomera）做最後的補給。此後一路都是茫茫大海，再見到島嶼時，已經是今天北美洲的外海了。

大家可想而知，這位探險家便是哥倫布。自從他發現了美洲之後，所有歐洲國家迫不及待依循著他的航線到美洲去，加那利群島因此成了兵家必爭之地。英國、荷蘭，西班牙，幾個海權國家不斷爭奪七座島的控制權，甚至連海盜都趁火打劫，換了幾次主人，最終西班牙還是保住了加那利群島。

懷著對哥倫布的崇拜，我特地去了巴塞隆納，來到哥倫布的雕像下。

高台上，哥倫布一手握著地圖，一手指向西方。哥倫布遙望著，我也遙望著。

地圓誕語盡人笑，懷志東遊說海來，遙指西南無地處，百年新頁為君開。

懷著虔誠的朝聖心情，我在哥倫布的雕像下寫下我的禮讚。

這一次獨自旅行，我才知道原來我是個神經大條的人，時常忘東忘西。

平安夜的傍晚我忘記買晚餐，但這個時間點就跟臺灣的除夕夜一樣，沒有人會做生意，這裡又沒有便利商店，幸好在旅店裡遇上幾個愛煮飯的房客準備了平安夜大餐，我意外地成了賓客。

隔天是美好的聖誕節，我一大早就和新認識的朋友去爬火山，到下午才回到旅店。今天訂了另外一家旅店，聽說很遠，就打算去搭計程車，司機幾乎開到了整座島的半山腰，停在一座農場裡頭。我四下張望了一下，用很糟糕的西班牙語問司機：「你確定是這裡嗎？」司機看了我手中的紙條，很確定，要我付錢。

我迷迷糊糊地把錢交給他，轉頭看了一下「農場」，覺得有點頭暈。

分明是一間馬廄，四個大拱門下全是馬，哪裡像是旅店？所幸老闆娘不久出來招呼我。

此時，飢餓的胃腸傳來聲響，我才驚覺：又忘記買晚餐了！

旅店多少有賣點吃的吧？至少有個販賣機。但是我徹底地錯了，這裡只有廚房，沒有餐廳，農場外頭的小雜貨店關門大吉，附近除了荒煙蔓草，什麼也沒有。

背包裡只剩一顆蘋果，為了明天有體力走下山，只好馬上去睡覺。躺在馬廄上頭，馬兒踢門的聲音格外響亮，我過了一個最「應景」的聖誕夜。

一個人出門，什麼都得自己負責。

四個大拱門下全是馬，哪裡像是旅店？

這裡是加那利群島中最大的特內里費島 (Tenerife)，島上的火山一百年前才噴發過，如今山頭覆滿皚皚白雪。

09 這次，超時空要錢

清華大學有一個特別的獎學金，叫做「逐夢獎學金」。這個獎學金不是贊助資優生和清寒同學，而是贊助那些懷抱夢想，並且勇於實踐的學生們。但是學校網頁上關於逐夢獎學金的資訊不多，大家也沒聽過有得獎者的分享。而且這筆「沒有上限」的經費，原則是「你敢做多大的夢，我們就敢贊助你多大的經費。」因此，相當神祕。

去年為了去西藏，整個團的預算四十多萬，我們千方百計地找錢，我決定去試試看逐夢獎學金。既然這筆獎學金的承諾是依據「夢的大小」，那兩岸學生一起組團去西藏，肯定是個不小的夢。

「夢想」與「妄想」往往只在一線之間，我深怕自己的準備不足，在評審委員的面前「夢想」變成「妄想」，因此到處打聽逐夢成功的例子。能問的人都問了，企劃書也做得鉅細靡遺，終於獲得委員們的肯定，要了十六萬，我們獲得了十八萬。加上學務處、臺灣今品公司和太平洋單車公司的贊助，我們如期地募到了足夠的經費，順利出發。

今年暑假，要出發去找老華僑們，路途上必定有不少旅費，騎自行車雖然很便宜，但是畢竟在

當船開往哥特蘭島的路上，感覺夢想也起航了。

瑞典，吃飯和住宿都很昂貴。為了降低開銷，我買了一頂帳棚，打算沿途露營，不然就靠沙發衝浪，或是住華僑家，省掉住宿費，預算還要四萬元臺幣。

要去哪裡找錢呢？我沒有身分證，不能在外打工。投稿、車店的獎勵金加上我回收寶特瓶總共只有五千塊，另外三萬五，實在令人頭大。

我又想起了逐夢獎學金，雖然不知道能不能申請第二次，但我相信只要有夢，就會有機會。

人不在臺灣，不可能參加評審會。除非有人願意幫我報告，只是拜訪老華僑這個夢想，如果沒有到海外走過一趟，很難說出它的價值。

「算了，算了。」我心裡響起了這個聲音，「你不試試看，反正失敗了又不會死。」又有另外一個聲音響起：「就沒辦法，不然你要怎樣？飛回臺灣喔？」「當然不可能啊！」就在兩個信念針鋒相對之際，「你不會用視訊申請啊？」彷彿有個第三者跳進了話題，為堅持的信念找到了可能。

用視訊會議來申請獎學金，何嘗不是一個夢想？夢想本來就是一首沒有譜的歌。

我寄信去問逐夢獎學金的評審，他們給我的答案是：很期待！

逐夢人之間總是很有默契，因為彼此的心靈，都在為夢想沸騰著。

逐夢獎學金還需要有一封學校老師的親筆推薦信。我把夢想告訴了動機系的陳榮順老師，他是我的社團的指導老師，陳老師一口就答應了。

朋友們替我把所有資料送到了承辦的單位，申請手續跨越了半個地球，在七個時區之外，完成。一切就等評審會的到來。

一切就等著評審會的到來。

四月底的一個黃昏，碧藍的海水在港口邊搖曳著橘黃色的夕陽，我和朋友坐上哥特蘭號，一起出發到瑞典最大島嶼的哥得蘭島（Gotland）。

這個島很平，海拔最高只有二十四公尺，一位瑞典朋友的爺爺奶奶住在這個島上，他曾經說過關於哥特蘭的一個冷笑話：「走在哥特蘭島，如果看到遠方有一顆大石頭，我們都以為是座山！」

現在是哥特蘭的淡季，因為北極的冷氣團會不停南下，到處都寒冷透骨。整座島上目前只有一萬人口，等到夏天的時候，就會有幾十萬的觀光客湧入。

淡季才是旅人的季節。

真不巧，逐夢獎學金的評審會就辦在我假期的中間某一天，我只好帶著電腦去哥特蘭。

旅店老闆是一對年輕夫婦，我們是他們這個星期唯一的房客，他們人很好，讓我和朋友用兩個床位的價錢就包下一整棟房子，在大房子裡跑跑跳跳。男主人知道我要用網路，還慷慨地借了我 **Telia** 的移動網卡。**Telia** 是瑞典主要的電信公司之一，主打的是高品質、高價位，有了這張網卡，我就能夠順利進行視訊會議。

克服了空間，還得克服時間。瑞典的冬天慢臺灣六個小時，我凌晨四點就起床，跟承辦人員確認通訊和播音，此時臺灣是上午十點。天才矇矇亮，我在電腦一旁等了很久，客廳裡靜悄悄地，我幾乎可以聽見自己急促的呼吸，凌晨的溫度讓人直打牙顫，我忍不住回房間拿了棉被，蜷縮在客廳的暖氣旁邊。

九點半的時候，我正在客廳裡半夢半醒。另一頭的 SKYPE 突然響起，我從椅子上彈起來，開始了！

最後我選在廚房的吧台上跟清華的老師做視訊，因為旁邊的牆上有暖爐。

逐夢獎學金的報告時間剛好在復活節假期，只好帶電腦出門。

報告完，在場的委員們都沉默不語。

畫面中本來只有教官的影像，但是學務長要教官把鏡頭轉向老師們，讓我見一見他們。

學務長先開口了：「校旗和學校的百年紀念郵摺這部分沒有問題，學務處會幫你準備好。你要二十份，我給你二十一份，多一份讓你當紀念。」「大家有沒有什麼問題呢？」在場的委員們依舊沉默，只有一位老師問我：「那你該修的課修完了嗎？」答案是肯定的，為了這一趟旅行，我在第三學期就把所有課都修完了。

在場的委員們又恢復沉默，學務長幫大家做了簡短的結語，這一次的視訊報告就到此結束了。

沉默是最大的認同。

一個星期之後，生輔組的鄭教官告訴我：我獲得學校全額的贊助，外加所有要送給老華僑的禮物。

10 天涯萬里情

二〇一〇年八月一號，乳白色的拉薩河洪流滾滾，奔向萬眾朝聖的拉薩。在河畔的石峽上，我和連長正在蜿蜒的小道上騎著自行車。

兩岸青藏單車挑戰團，一行車隊共有九人，其中八位是學生，另外一位是臺灣今品公司的總經理連建平先生，是個很熱情又很熱心的前輩，我們都叫他「連長」。當初去向他做完簡報之後，他立刻表達支持，但是有個附帶的條件：讓他跟我們一起去。

連長也熱愛單車旅行，兩年前組隊去闖山峰連綿的滇藏公路，因為不知道要辦入藏紙（臺灣與外國遊客進入西藏的許可證）這件事情，騎到半路就被兵站的士兵給阻攔下來，當時路況不好，連長摔了車，把臉的大半邊都摔破了，鎩羽而歸。這回聽到我們浩浩蕩蕩地要買入藏紙進西藏，燃起他未酬的壯志，決定一起加入。他說：「這條路上我們是同好，所以我們才能夠走在一起。」

兩岸青年青藏單車挑戰團，是臺灣學生第一次和大陸學生攜手前往雪域高原

在青藏高原的這趟旅程中，連長是父親、是老師、是夥伴。

通往拉薩的羊八井石峽。

歷經了十八天的旅程，我們爬上崑崙山、穿越可可西里無人區，從唐古拉山的頂點溜進藏北的羌塘大草原。住宿的時候，我總是跟連長睡在一起，夜深人靜的時候少不了Man's Talk一番，這些日子下來，我們建立了很深的友誼。

這天我和連長騎在一塊兒，從溫泉勝地羊八井出發，羊八井是個蜿蜒的石峽，當年青藏公路的工人們在大雪紛飛的冬季沿著山壁開鑿出這條馬路，峰迴路轉的地勢磅礡無比，腳底下滾滾激昂的拉薩河不時冒出蒸汽般的白煙，山頭上的陽光一灑，便瀰漫著天堂似的朦朧。

今天的路程不遠，大約中午就會到拉薩，這意味著旅途即將畫下句點，漸行漸深的離愁，讓我騎得有些散漫。

「這趟旅程結束以後，你有什麼計畫嗎？」突然，一旁的連長問我。「旅程結束以後，我馬上就要去瑞典，在那裡待上一年。」在準備來西藏的同時，我也申請了學校的出國交換獎學金，運氣很好，讓我選到了瑞典林雪平大學。

「我想要去環歐洲大陸。」我轉頭看看連長，說罷，又把頭轉回去。連長很隨性地回答我：「到時候有什麼需要，跟我說一聲。」面前又是一個急轉的石峽，我們很有默契地變成前後隊形，輕鬆地做個急轉彎。

連長的豪情一語，把這些日子以來我們相處的點點滴滴都喚醒了，也許我到時候也不會真的去環歐洲大陸，但是在天涯海角的時候，我一定會想起連長，想起他跟我說的這番話。

這天深夜，我在書桌前打量著瑞典的地圖，一旁的電腦上顯示著密密麻麻估算的行程。

我設計了一趟五十天的旅程，要用腳踏車來完成。手邊的裝備只有安全帽、水袋，還有兩個二十公升的馬鞍袋，光憑這些東西恐怕沒辦法支持五十天這麼長的時間，我需要一對更大的馬鞍袋、一張舒服的睡墊，最好有一件新的車衣，上面印著國旗，讓每一位臺灣華僑見到我，都能夠清楚地知道：這是來自故鄉的年輕人。

連長在羊八井告訴我的那一句話，在我心中突然響起：「到時候有什麼需要，跟我說一聲。」我凝視著印有「青藏單車挑戰團」字樣的馬鞍袋，陷入了深深的回憶。

時間真快，去年盛夏的冒險彷彿尚未結束，今年盛夏的冒險已經到來。

我發了一封 Email 給連長，請他讓我跟他用 SKYPE 做個簡報，協助我這次的旅程。

瑞典慢臺灣六個小時，隔天早上醒來的時候我就收到了連長的回信，信上說：所有的需求他都全力支持，甚至連我想要設計的車衣也特別為我量身訂做，並跟我約時間談話。

我迫不及待跟連長講SKYPE。電話好不容易接通，他那邊有些雜訊，聲音延遲得很嚴重，就像在跟留聲機說話一樣，我們很快就結束了話題。

好捨不得掛掉，難得能聽見昔日戰友的聲音，同甘共苦的回憶正要脫口而出，卻因為萬里傳音的不佳品質而作罷。

連長沒有問我要怎麼上路，要怎麼解決路上的問題，只跟我說「放心，裝備都沒問題，全部如期送到林雪平」還有「這一路上要小心」這兩句話。

兩句話，是他全然的信任與支持。

我和連長一同抵達拉薩的布達拉宮。

連長動員了兩岸公司的同仁幫我寄來了最新的裝備。

11 做不完的準備

「清華百年郵票寄來囉，晚上可以來我家拿！」Simon下午寄簡訊通知我。

Simon是去年林學平臺灣同學會的會長，雖然卸任了，大家有什麼事情還是很仰賴他，他做事精明有條理，個性又活潑善談，要出去玩，找Simon；要買東西問價錢，找Simon……準備這一次的單車旅行，我也拜託了Simon好多事情。

我預計六月一號出發，回來的時候大概七月底了，屆時學校已經準備要迎接下一屆的學生，所以我必須在這個時候先搬離租屋，把鑰匙先還給學校。

時間好快，已經五月底了，我一邊打包回臺灣的行李，一邊準備六月的單車之旅。兩件事情兜在一起，實在讓人忙得焦頭爛額。一邊要收拾，一邊要準備，忙得都懶得煮飯了，我乾脆到社區的商店買了一堆冷凍比薩，餓的時候就吃一片。

貼心的Simon又寄來了新的簡訊：「別忘了隨時追蹤你的新包裹！」我剛買了比薩回來，看到訊息之後，鞋子沒拖就趕緊衝回商店旁邊的托貝克（Tobak，賣香煙與賭馬的店，附有小郵局）。今天掌櫃的是那個中東面孔的瑞典男人，他從後台拿出了一個沉甸甸的箱子，上面寫著「中國郵政」，我很高興要簽收，掌櫃的卻告訴我這個箱子要課稅，大約一千多塊臺幣。

急急忙忙出門，手邊沒帶這麼多錢，只好快快然地離開。三步併兩步地跑回家，從櫃子底下翻出了錢，又三步併兩步地跑回托貝克。

寄到瑞典的包裹都會被檢查，如果東西的價值超過了他們免稅的標準，收件人就要支付超過的稅金，我繳了稅，總算把包裹領回。

這個包裹是從大陸寄來的，連長幫我動員了兩岸三地的同仁，一同趕製了這一套裝備。

真不敢相信自己的眼睛，我想要的每一件裝備，連長完全都幫我準備好了，尤其是我自己設計的車衣，肩膀上印著中華民國的國旗，看起來好鮮豔，好醒目，穿起來好像國家代表隊一樣。

傍晚，我找了 Simon 跟我一起到林村附近的一個小土丘上面照相，夏天的夜晚很多學生在外頭烤肉，附近的學生看見我一身裝備，一步一步地把車子推上土丘，以為我剛完成了什麼偉大的旅程，紛紛起立為我鼓掌。「真是不好意思，我才正要出發呢！」在跟他們揮手致意的同時，心裡這麼想著。

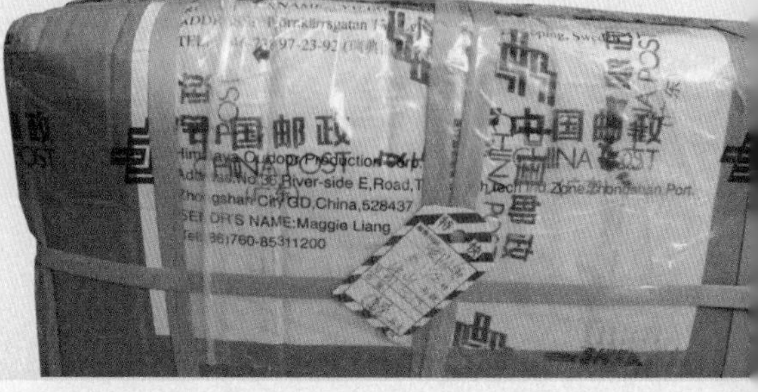

林雪平大學今年有幾位要畢業的臺灣留學生，除了Simon，還有豬豬學姊。豬豬跟Simon都是元智大學的學生，她有一手好廚藝，每次Fika只要有她在，大家就有口福，就連林雪平大學的iDAY（國際日），我們臺灣的道地小吃有不少也是她的貢獻。

我建了一個Facebook的粉絲頁，要做個「安全回報」，順便讓大家可以看到我每天的行程，跟著我一起去旅行。

Simon和豬豬暑假都要準備論文，所以都還在林雪平，他們倆都很樂意幫我做安全回報，細心的Simon建議我再多找幾個人，這樣大家暑假如果不在學校的話，就有人可以幫忙。

我另外找了雲龍和瑞凱。他們都是瑞典人，因為學中文的緣故和臺灣同學特別熟。雲龍更曾經到過臺灣學中文，回到瑞典以後，他已經可以到當地高中去教中文，而瑞凱則是最近要再學中文。

瑞凱一口就答應幫忙我，雖然他似乎沒搞清楚這是怎麼一回事，「沒關係，我到時候就做跟之前的人一樣的事情。」他一派輕鬆地拍拍胸脯。

雲龍倒是對我說的「安全回報」充滿質疑：「我不覺得這樣的方式會對你的安全有幫助。」我問：「為什麼？」雲龍說：「如果你在某個地方失去聯繫，我們等到第二天才幫你打電話到當地的警察局，你那時候在哪裡我們也不知道，他們出動去找你的時間可能要一天，那個時候你

Simon（右）和豬豬（左）都很樂意幫我做安全回報。

林雪平的臺灣同學們一起來為我送行。

可能早就脱離危險了，或著……你已經死了。」這麼一說，還真沒得反對。

的確「安全回報」本身對我們的安全是沒有什麼幫助，應該說是「安心回報」才對，讓所有關心我這趟旅程的人知道我每天都過得好好的。「那就當做是『安心』回報如何？讓大家知道我的旅行過程。」我說。「這樣也可以，那你的安全部分怎麼辦？」雲龍問。我說：「不怎麼辦，意外從來不能防範的，誰知道會發生什麼事情？」我們兩個會心地笑著。

要出發的前一天晚上，我的腳踏車還在 FR in Ryd 店裡。

之前經過車店朋友聯手幫忙，我們把菜籃車的零件全部換新，前前後後弄了快一個星期，這台菜籃車總算改頭換面。只是煞車一直調得不好，我在車店待了半天，只為了這件事情，轉眼就晚上十點。

算了，明天再弄吧！

還有好多事情沒做完，搬家的東西還沒丟，宿舍的鑰匙還沒還，車還沒調好，還沒跟朋友們一一道別，我感覺就像在逃難一樣。明天出發的機會，相當渺茫。

通往夢想的路上，總是少不了苦難，為了夢想，我得先當個難民。

※ Simon 看完之後很堅持要告訴大家，他的本名叫詹峻榮。

最後一天晚上朋友文豪請我到他家裡吃飯，這次分別之後他就要去瑞士讀書，而我也踏上了環瑞典的旅程。

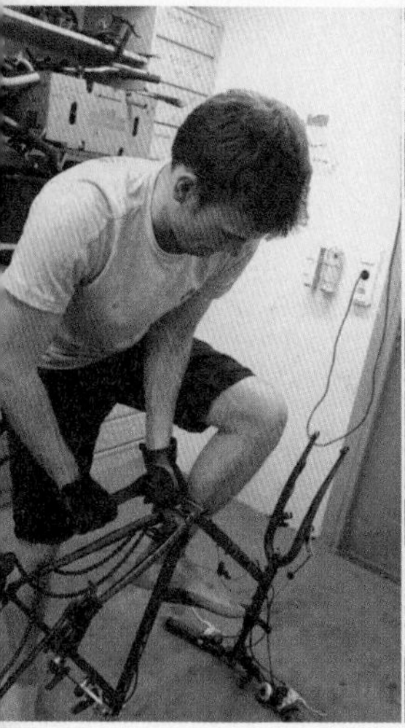

左：老闆知道我要遠行，幫我一起改裝菜籃車。

右：我謝謝雲龍幫我做安全回報，他笑著說：「因為你很努力」。

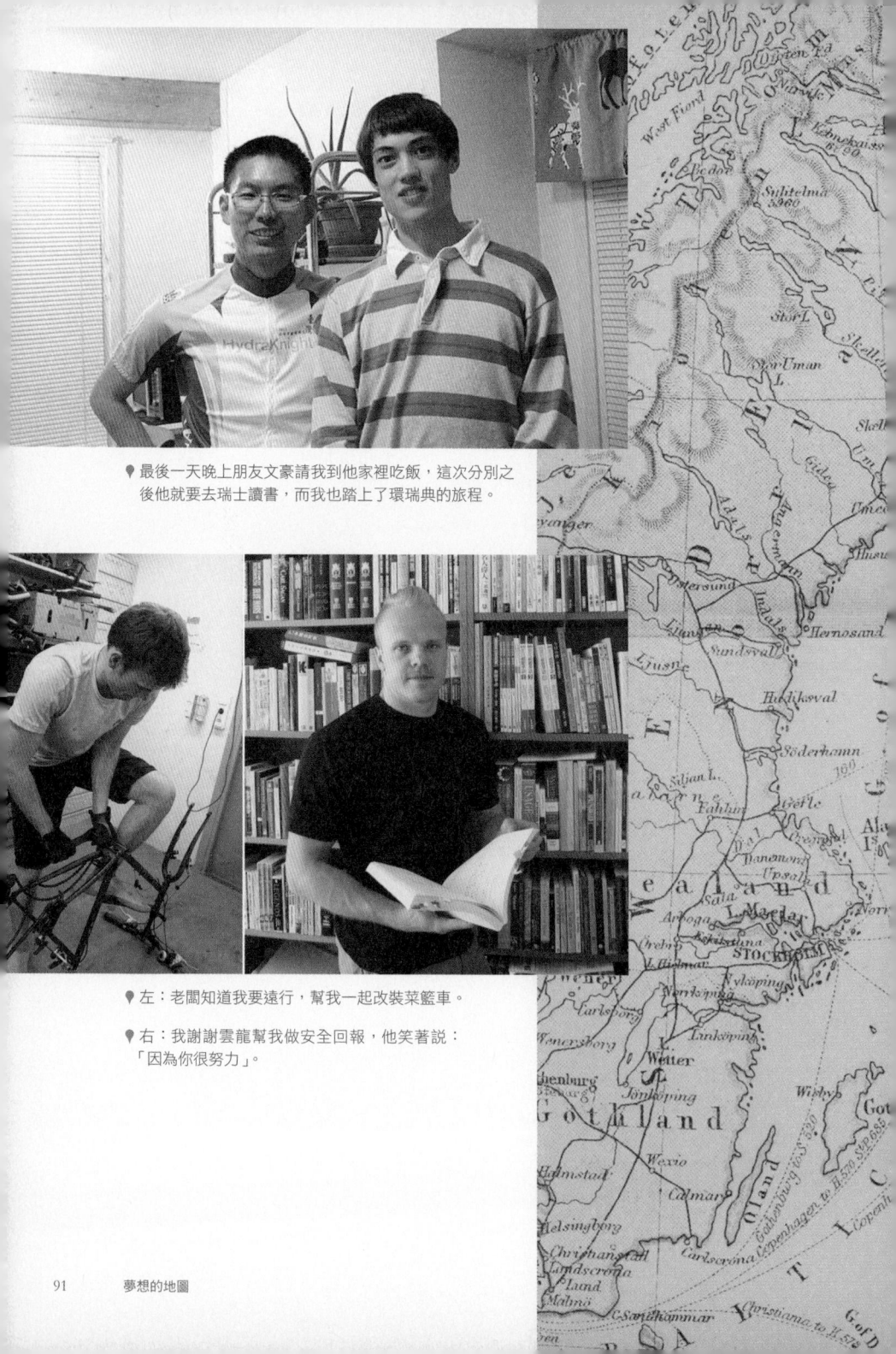

Hydraknight

安全帽
太陽眼鏡
魔術頭巾

哨子、車衣
車褲、
半指手套

二十公升馬鞍袋、彈簧繩、相機腳架

碼錶、車鈴、車頭燈、輔助把手

輕巧馬鞍袋

相機、方便鍋、單車地圖

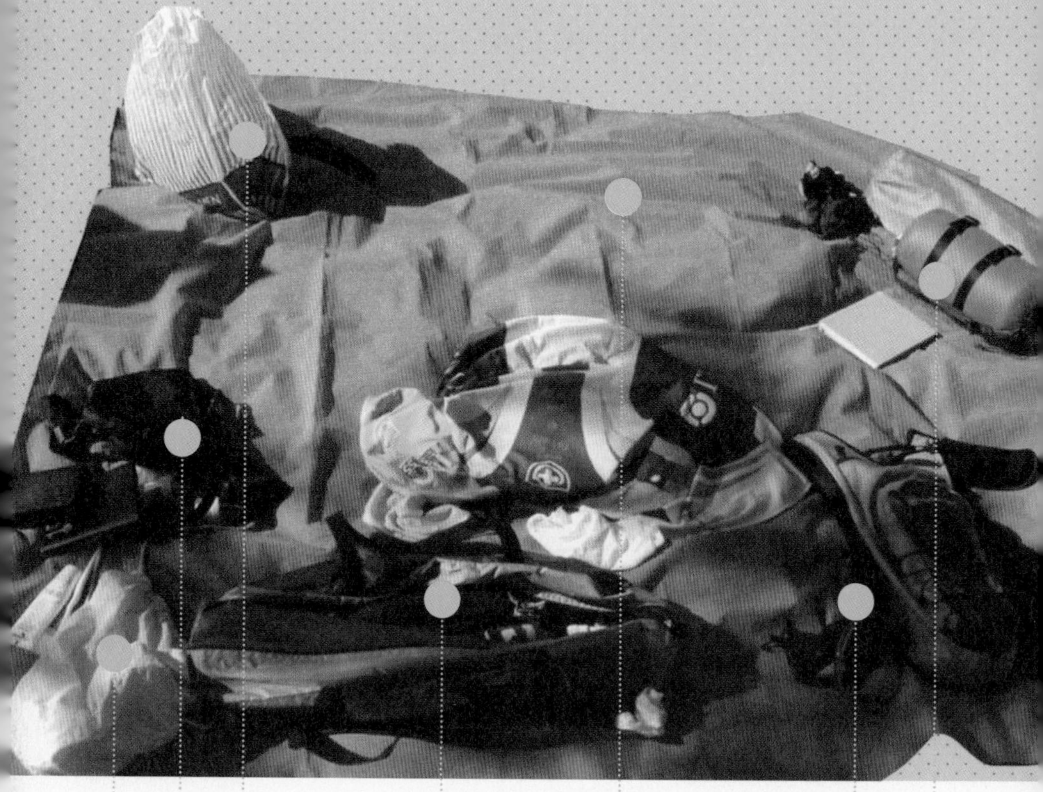

充氣床、睡袋

水袋背包（身上最好隨時有兩公升的水）

一塊塑膠布（可以當野餐墊、車罩、緊急避雨、路邊睡覺，超好用）

單人帳

食物

錢包、筆記本

盥洗用具、防曬乳、涼鞋（雨天用）

下午兩點，我終於出發。

裝滿行囊的腳踏車很重，騎起來有些蹣跚，我的心情也很沈重，絲毫沒有遠行的喜悅，反而充滿惶恐，感覺自己還來不及準備好就要出發。

絕大多數成功且偉大的冒險，通常都是在黎明出發的。東升的旭日彷彿就像歡送的人群，隨著出發的腳步越顯昂揚——我肯定不是這種人。我出發的時刻，是大家昏昏欲睡，太陽也昏昏欲睡的午後。離開林雪平的路上，我一點昂揚的激情也沒有，像是要趕作業的學生一樣，只能拚命往前騎。

朋友昨晚告訴我：「從北雪平（Norrköping）開始沿著海岸走小路，你可以欣賞美麗的風景。」我貪戀他所描述的景色，在北學平沒有按照原先計畫的大路走，結果迷了路，走到工業區裡頭。所幸今天的夕陽落得晚，八點多太陽仍然在天邊垂掛，我必須儘快找到可以搭帳棚的地方。

下午兩點，瑞凱送我離開林雪平。

上路時刻。

聽說瑞典人有很嚴重的「領土意識」，如果在私人的土地上露營，主人可以強制驅趕，但是國家又立法規定，任何公共林地都可以露營。

九點左右，我在馬路旁發現一條小徑，通到一處草地上，我把行李卸下，開始搭帳棚。我不確定我到底是不是在公共林地睡覺，雖然四周沒有人。

強勁的風在野地上吹出一道又一道的草浪，草浪拍打在帳棚上的聲音，就像有人在輕輕地敲門。躺在臺灣今品的充氣床上，外頭的草叢在斜陽下變成一隻隻的皮影，晃呀晃的好似有人在招手。

「白天不做虧心事，夜半不怕鬼敲門。」現在還算是「白」天，但我已經緊張得半死。

在同一天裡搬家與離家，對一顆習慣穩定的心靈，是雙重的震撼。

我突然有了一種體悟：我築了我今晚的家，睡在今晚的家裡。

這是我今晚的家。

旅途的第一個夜晚，在野地上展開了。遠處的車聲好刺耳，好像警告我：「這裡不准睡覺！」我戴上耳塞，尖銳的車聲變得如松濤一般悅耳，敲門的聲音還是有，我跟自己說：「要祝福自己，我現在需要的是休息。」我感覺身心漸漸在漸緩的呼吸中釋放，相信不久後便會安眠。

六月二號早上七點三十三分，我被燦爛的太陽給曬醒了。野外沒有什麼複雜的起床儀式，收拾一下就上路。

腳踏車載的東西太重，平均車速只有十五．七公里，除非一路上都能像機器人一樣地馬不停蹄，否則今晚要到首都斯德哥爾摩（Stockholm）真是天方夜譚。

之前 Simon 已經幫我找了一位 Barry 學長，跟他說我今天要去斯德哥爾摩，要住他那。

下午四點的時候，我首度宣告放棄，Barry 在電話中鼓勵我：「沒關係，我今天會在實驗室待到很晚，我可以等你。你先到 Södertälje 再說吧！」Södertälje 是斯德哥爾摩市邊界的一個市區，就像新北市的板橋區一樣。我看了看路旁的指標，心底很不踏實，距離 Södertälje 還有六十八公里，要到斯德哥爾摩至少還有一百公里。

既然 Barry 願意等我，我便姑且一試。

太陽還沒下山，我還有充裕的時間繼續前進，我打算加把勁，衝衝看。來到 Södertälje，手錶寫著晚上九點半，距離斯德哥爾摩只剩四十公里而已，我打了個電話請 Barry 等我。

此時天色卻迅速黯淡起來了，我花了一些時間才離開 Södertälje。緊接而來是杳無人煙的山路，就在此時，夕陽已落下山頭。沒有路燈的山道上，一切都隨著夜幕垂下而消失在黑暗中。

我的眼睛漸漸看不清前方的道路，前面一個轉彎，對向一台車子從身邊開過，耀眼的車燈晃過，幾秒鐘的時間裡，眼前只有一片空白，我趕緊停下。站在空蕩的山道上，想要搞清楚自己的方位，突然眼前一黑……又過了幾秒，我睜開眼，原來我睡著了。

每天仿佛都有無盡的旅途。

我忘了我的身體已經騎了十五個小時的車，再強勁的體魄也要休息，我的身體早已疲憊，只是滿腦子想趕著遙不可及的路，忘了自己的安危。

此刻，別說再騎四十公里，再騎四公里都不可能。

為了安全起見，我放棄趕往斯德哥爾摩。

路邊的樹林之後正好有一塊空地，我在這裡停下，用僅存的體力只夠把帳棚搭好，除了充氣床和睡袋，什麼也沒拿，人就倒在帳棚裡，昏睡過去。

豁盡全力而失敗，這不是太罪惡的事情。只要還活著，明天又是嶄新的開始。

清晨的陽光再次把我從迷茫的夢境裡喚回，我在中午總算抵達瑞典首都斯德哥爾摩，找到了 Barry 家，他就住在捷運站旁邊的一棟舊公寓裡頭。在首都，小小的房間就能夠滿足一個學生的需求。

Barry 的公寓不能洗澡，他帶我去他們學校洗了澡，我換上新的衣服，暫時告別了逃難的倉皇，告別了奔波的風塵。

慢了一天，還是來到首都斯德哥爾摩。

熱情的 Barry 親自下廚請我吃飯。

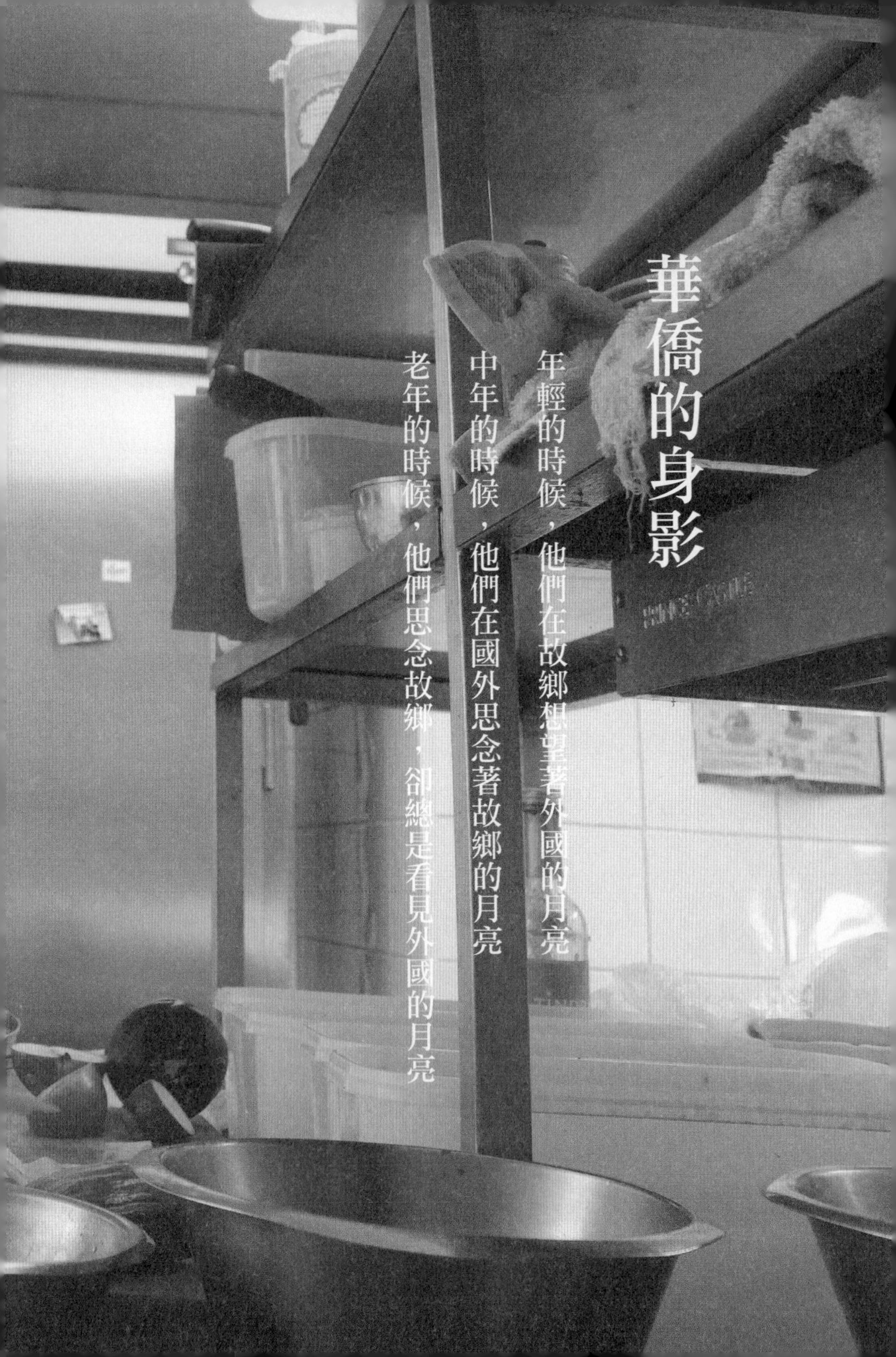

華僑的身影

年輕的時候，他們在故鄉想望著外國的月亮
中年的時候，他們在國外思念著故鄉的月亮
老年的時候，他們思念故鄉，卻總是看見外國的月亮

13 林會長講古

知道我要為老華僑寫故事的一直只有謝阿姨。直到某一次的老華僑們聚餐，我和謝阿姨和朱大使同一桌吃飯，謝阿姨把我的想法告訴了朱大使。朱大使熱心地拿起筷子敲了幾聲碗，大家聽到大使擊碗，知道有重要事情宣布，紛紛放下手中碗筷。

「各位鄉親，我們有位從林雪平來的臺灣同學，因為看到大家在海外辛苦打拚，想要為大家記錄各位的海外奮鬥故事，來！我們給羅聿一點掌聲。」大使替我做了宣傳以後，又讓我自己跟老華僑們說明。

我站了起來，望著一雙雙蒼老的眼睛，心裡不自覺地想像他們在廚房裡滿頭大汗的忙碌畫面，說話竟然哽咽起來了。大家有點不明所以，場面有些尷尬。

大概是太久沒有真誠地表白了！短短的幾句話，情感就像破了堤防的洪水暴衝出來，夢想宣言就此草草結束。

但是用完餐後，許多華僑前輩走到我身邊，對我表示關心與支持，瑞典華僑聯合會的林會長也來關心我，並給了我一張他的名片，讓我日後有需要可以聯繫他。

也許這些青蔥也曾經像主人一樣流浪了千萬里，在遙遠的土地生根發芽。

這次來斯德哥爾摩，就想先採訪林會長。他很慷慨地接受我的拜訪，還開車來捷運站載我。

林會長算是中生代的華僑，來到瑞典有三十年了，退休以後，林會長除了在僑社當志工之外，時常到郊外照顧他的菜園。他的菜園小小的，和一般瑞典人擁有大片的田地很不一樣，這畝小菜園有臺灣的味道，不只是上面種的菜，還有主人對於土地的情感。

摘了幾把菜，回到林會長家裡，他的夫人炒了幾道臺灣菜，過幾天便是端午，餐桌上還有粽子。不知道多久沒吃粽子了，光是聞到粽葉的味道，就覺得有一種感動。人在海外，有一種口味會讓人眷戀，這種口味就叫家鄉味。

林會長原本在臺北的知名飯店上班，他的哥哥把他接來瑞典，就這麼留下來了。他在哥登堡工作過，知道老華僑的故事。

位在瑞典西岸的哥登堡，因為是大西洋的重要港口，在上個世紀就迎來了世界各地的人，這些人帶來了各地的文化，使得哥登堡比起東岸的斯德哥爾摩，更有國際化的形象。

據說，最早的瑞典華僑在清朝末年就來到了哥登堡，這些人是郵輪上的一群戲班子，從中國的南方一路唱到了瑞典。也許他們愛上這兒的寧靜，這裡的和平，他們走下船，戲不唱了，弄個小店，賣起了中國小吃，在天涯海角之外，做一個去國懷鄉的僑民。

再有華僑的傳聞，已經是民國三十八年以後的事情了。

幾位從丹麥過來的華僑，在哥登堡開了中國飯店，其中，長城飯店可能是最早的一家。這幾位「老老華僑」先後聘了八位「老華僑」來瑞典，「老華僑」後來才又陸續聘了林會長這一輩的中生代華僑。

哥登堡一度擁有了三代華僑廚師，當時住在哥登堡的人們，好有口福。

中生代華僑後來分散到各地開店去了，大部分都在斯德哥爾摩落腳，或是附近的小城，這個時候，斯德哥爾摩已經是個國際化的繁華之都。

一九八〇年代，臺灣正值經濟起飛，而瑞典經濟卻開始蕭條，雖然仍然比臺灣好，但臺灣看

一畝小田地，那是臺灣人特有的情懷。

起來，也不錯。經濟起飛帶來不少自信與安全感，臺灣人普遍都願意留在臺灣，有別於七〇年代的海外移民潮。

但臺灣的經濟起飛，卻也讓住在瑞典的華僑們決定留下來。

華人身上背著一種「衣錦，才能還鄉」的魔咒，如果當時華僑們搬回臺灣，恐怕鄰居會私下地笑著問：「是在外面混不下去才回來的吧？」

留下來有留下來的歡喜，留下來也有留下來的鄉愁。在瑞典政府完善的照顧下，老華僑們的退休生活愜意無比，可是「回家」的聲音，卻總是在他們的內心深處迴盪著。這個聲音可以很輕，卻不會消失。

我跟會長問了各地華僑的事情，並拿到了華

林會長（站立者）年輕時和公司同仁一同用餐的畫面。

僑們的聯絡方式。看了一下名單，未來一路北上，果真有不少華僑可以拜訪。

在林會長家待了許久，本來預計六點就要去另外一位老華僑的家，現在已經六點半了，林會長說：「別擔心，我開車載你去吧！」

泛黃的相簿裡收藏著許多的回憶。

林會長與會長夫人。

14 劉伯伯的太極人生

剛來到劉伯伯家的時候，他和妻子滿臉笑容地迎接我和林會長。兩老等我們吃晚飯已經等了好久，可是毫不掛懷，讓我對自己的遲到感到相當的慚愧。

今天是阿姆（劉伯伯的妻子）煮的晚飯，依舊是一桌豐盛的佳餚。中午才嚐過了林會長夫人的手藝，晚上又品嚐了阿姆的絕活，我挑戰北極圈的雄心壯志已經快被美食給殲滅了。

劉伯伯的子女都各有高就，兩老自從兒女都獨立以後，就把店賣了，在市中心買了一棟小公寓，在這裡頤養天年。

我對劉伯伯一直印象深刻，他是僑社裡的太極拳老師，某次華僑們的長青會上，劉伯伯發給大家他從家鄉帶來的太極拳譜，上面的圖文看起來很有歷史。

打拳之前要先熱身，劉伯伯又是壓腿又是前彎，都七十幾歲了，依舊可以把腰桿子彎下，雙手抱著腳踝，姿勢標準得不得了，讓在場的其他老人家崇拜到不行。

教太極拳時間。

幾十年的太極拳功力，劉伯伯的前彎令在場的老人家羨慕不已。

教太極拳成了劉伯伯的人生新志業。

劉伯伯小時候很清苦，小學五年級那年，因為爸爸喜歡借錢救濟別人，媽媽受不了而離家出走，家裡就剩下他和父親兩人。沒人煮飯、洗衣，家事都得自己一個人來。所幸家裡還有一甲三分的土地，日子苦，多少還撐得過去。

小學畢業之後，劉伯伯打了很多工，那時政府要蓋橫貫公路，就跟著過去開山鑿路，跟他一起去的，都是從大陸來的退伍軍人，這些退伍軍人像老大哥一樣，帶著劉伯伯在山裡討活。路造好了，錢拿了，劉伯伯回到家，幫父親還了一些債，但是劉爸依舊欠債助人，劉伯伯不明白也看不習慣，這回換他離家出走了。

劉伯伯來到臺北的餐廳打工，在朋友的介紹下來到瑞典的哥登堡。

幾年後，他帶著全家搬到首都斯德哥爾摩開自己的店，生意越作越好，四川飯店是他事業的巔峰，「當時我在後頭炒菜，我太太在外頭算帳，錢都還來不及收，瑞典人在外頭排隊排得長長的，已經等著要進來嘍！」

每個華僑廚師都有個夢，就是開一家兩層樓的大飯店，然後做到車水馬龍，兩百個位子坐無虛席。而樓下最好還有一堆人在外頭排隊，站在玻璃窗外，看著裡頭露出渴望的表情。只要看到這一幕，自己這一生的奮鬥，就值得了。

「人生，就只是為了這樣嗎？」成為大廚的劉伯伯，在自己事業顛峰的時候，心裡卻有了疑問，想要找一個答案。

退休之後劉伯伯開始學佛，每天清晨起了大早，和妻子一起頌讀佛經、打坐靜心，然後才開始用早餐，他們過起了簡單卻充實的生活。每個星期固定到長青會上教大家打太極拳，成為劉伯伯的新志業。

「不需要太計較，所有的苦都會過去。」劉伯伯在最後告訴我這麼一句話，我想，他已經找到了答案。

夜深了，林會長早已回家，阿姆也早就把碗盤洗好。

「給你看一個東西。」劉伯伯家打開櫃子上的平板電腦，「這台電腦是我小孩買給我看臺灣新聞的，每天只要案這個圖案，就可以看到臺灣的電視節目。」不過劉伯伯不是要我看新聞，而是點了電腦桌面上設有太極拳教學的捷徑。Youtube 打開了，影片是一個師父在分段打太極拳。

「學太極拳真的很好，我學了以後，整個人的性格都變得比較溫和。」劉伯伯帶上老花眼鏡，認真地盯著螢幕看著。

影片裡的配音員喊著口訣，打拳的師父動作緩慢，出招卻如行雲流水，一招一式順暢地出手。劉伯伯看著，左腳踏出一個虛步，雙掌左右分開，打出一個白鶴亮翅。接著，一招又一招隨意地揮灑。

劉伯伯的眉目很沈靜很慈祥，圓轉的太極之間，我看見一個圓融的生命境界。

劉伯伯與阿姆。

為別人炒了大半輩子的菜，如今總算能給自己一份悠閒的早餐。

15 瑞典的布農姑娘

瑞典絕大多數中國餐廳都是很標準吃飯喝酒的地方，但是漢娜的店很不同，她的店是一間音樂餐廳。

這裡不但可以辦舞會，還有歌手駐唱，你可以一邊品嚐中國美食，一邊聽著時尚流行的歌曲。吃中國菜很拘謹，講禮貌，但是一旦離開座位，你就瞬間解放了。難怪附近的學生下了課，都喜歡往這裡跑。

漢娜的臉圓圓的，眼睛的輪廓特別深，是來自台東海端鄉的布農族。海端鄉雖然叫做海端，但它其實一點都不靠海，這裡三面都是山，只有一面比較低平，漢娜小時候就住在這山裡。

我時常在想：什麼樣的人會跑到海外當華僑？

顧家的人一定不會，通常是那些很有抱負，很想闖出一片天的人。

七〇年代的社會，顧家的通常都是妻子，喜歡闖的通常都是丈夫，但是妻子帶著小孩跟丈夫出國，不也是一種顧家？瑞典華僑就是這樣子，謝阿姨、會長夫人、阿姆他們，當初都是隨著丈夫到海外打拚，才一起過來，否則瑞典這麼遠，文化差異這麼多，誰希望離開自己的親人朋友，來到孤寂的北大荒？

我感到漢娜的性格裡，也有著一分冒險犯難的膽識。

一九八一年，年輕的漢娜來到瑞典找丈夫。跟別人不一樣的是，漢娜是自己搭飛機來瑞典的。那時候飛往歐洲的班機上沒幾個亞洲人，全是西方人。碰巧在機場的時候遇到了一個女子，也要去瑞典找丈夫。

兩個完全沒出過國，不會講英文，沒搭過飛機的人，就這樣搭上長程飛機。

飛機上的空姐跟她們講起英文，漢娜當然聽不懂，幸好出門前手抄了一些常用的英文單字。Excuse me 講了好幾次，空姐眼看都快抓狂了，才知道原來要點餐。

看著刀叉，兩個人都一頭霧水，漢那把頭緩緩往旁邊轉，轉動的角度不大，倒是眼球已經塞到眼框角了，總算看到旁邊座位的外國人怎麼用刀叉。

第一次坐飛機，難免滑稽。

漢娜來到瑞典的時候是秋天，她住的城市烏普薩拉不久就下起了雪，街上冷冷清清的，半個人都沒有。「好可怕喔！」才來第一個月，竟然來到一個黑夜這麼長，人這麼少的地方，漢娜時常偷偷地哭著，想回家。

讓她比較欣慰的，應該是學校的瑞典語課了。漢娜遇到一位很棒的老師，老師為了教會她，走路假裝摔跤，告訴她這就叫「摔跤」。老師的實物教學法，讓漢娜很快就記住了單字。

瑞典語學好了，她可以懂鄰居說的話，可以看報紙，漸漸感覺到自己已經適應了這個國度。

「我們人呀，其實需要的不是很多，只要有東西可以填飽肚子就好。吃飽了，我們就很幸福了。要是不給我們東西吃，餓到了，那就會跟猛獸一樣野蠻。只要我們知足一點，其實幸福很簡單的。」漢娜比出張牙舞爪的樣子，然後收起猙獰，兩隻手放在肚子上，滿足地說：「像我現在這樣好好的，開個小店面，偶爾辦個音樂會，讓大家來這裡聽聽音樂，聊聊天，喝點飲料，大家都開開心心的，我也開開心心的。」

她身上那一種知足的自在感染了我，我不自覺地也開心了起來。

漢娜邀了隔天我去她家，和她的家人一起吃晚餐。

她們家是個漂亮的小別墅，後院有個小小的池塘，還有小小的花園。漢娜的丈夫葉大叔準備了幾道好菜，我們就在後院的餐桌上吃晚餐。

葉大叔是越南華僑，當時北越共產黨剛占領了全越南，很多越南難民逃往海外。當時主要有三個地方可以去，但是有不同的條件：要去美國的，家人要曾經替美軍服役過；要去香港的，你得繳出足夠的錢；要去北歐的，他們只收一整個家庭。太多人要移民了，葉大叔一家等了又等，才成功移民到瑞典。

他對臺灣有一種感恩的情懷，「我小學的時候是唱中華民國國歌，升中華民國國旗的。那時候啊，有很多私人的中文學校，很多臺灣人到越南教書。」也難怪他對於臺灣有所感念了，還娶了一個臺灣老婆。

兩岸分裂之後，臺灣派出了不少的人力到海外做政治和教育工作，爭取海外華僑的支持與認同。後來對岸也派出了教育團、政工團到越南、印度等鄰近國家，本來只有國民黨學校，現在又出現了共產黨學校。

兩個政權的鬥爭延燒到了海外去。彼此較勁的時候，回家，成了華僑們最為難的事情。

短暫的美好時光往往都釀出最濃的離愁。隔天回到漢娜的店，漢娜要去開會，我一會兒就要走，不忍心開口，葉大叔顧左右而言他，好像我沒有要離開似的。

「我要走了，大叔。」又和他聊了一會兒，我終於鼓起勇氣說出口了。「這麼快呀？」葉大叔放下手邊的工作，送我到店門外，難得地點起一根煙來抽。「這一路上要小心啊！」他呼了一口氣，回頭看著我。

「我會的，你們也要保重喔！」我趁那一縷清煙消散之際，狠心的轉頭。

我送給漢娜清華大學的百年紀念郵摺，這是我旅行路上唯一帶著的禮物。

我和葉大叔來自不同的故鄉，卻說著一樣的語言，有著共同的回憶。

16 今天不旅行

杯子裡飄著印度的茶香還有印度的悠閒，我回到了謝阿姨家，在餐桌上和謝叔叔一同品味著早晨。

謝叔叔告訴我，他在北方的幾個城市有親戚和朋友，如果我去到北方，可以去拜訪這些人。三十多年前，印度華僑就已經在瑞典北方開起中國餐館，當初臺灣華僑普遍覺得北方地廣人稀，不願住到沒生意的地方去，不知道這一群印度華僑是如何在這個地方「打天下」？

據我的調查，住得最北的臺灣華僑是在瑞典中部的松茲瓦爾（Sundsvall），此後一路往北，就沒有臺灣華僑了。能夠拜訪到印度華僑也好，遇見不一樣的人物，就能聽到不一樣的故事。

本來準備離開謝阿姨家的時候，竟下起大雨了。站在落地窗前，我呆呆地看著窗外，嘩啦嘩啦的聲音召喚著多愁的心靈，我所有的堅強像是卸妝似地被洗得一乾二淨。

在斯德哥爾摩的這一個星期太過忙碌，老華僑們把自己幾十年的故事悉數告知我，短短幾天，積累了這麼多豐富的閱歷，承載了這麼多的人生，我的情感和記憶，都超載了。

本來以為，每天去兩戶華僑家是很容易的，六天下來覺得自己根本吃不消，交通的勞頓就花了不少心神，與前輩們的談話又往往超出預期。至於回到住處的沈澱與整理，又是另一個繁重的工作了。

可是每一次，看到他們是多麼開心地歡迎我、接待我，略帶靦腆地講起他們的往事，神采奕奕地回憶起事業的顛峰，口沫橫飛地講起自己的理想、抱負，每一個瞬間，都讓我深受鼓舞，都讓我凝神地聽。

他們的回應讓我確信：這趟旅程有著特別的意義，那不屬於我自已，而屬於所有曾經來到這片土地上奮鬥過的臺灣人。

我會繼續走著。

謝阿姨有事先出門去了，謝叔叔一直陪在我身邊，雖然他一直都靜靜地在旁邊用電腦，這大概是他最關心的表現。

Från Taiwan till Luleå och Örebro:
u får överklassflickan slita hå

瑞典報社採訪謝阿姨的報導。

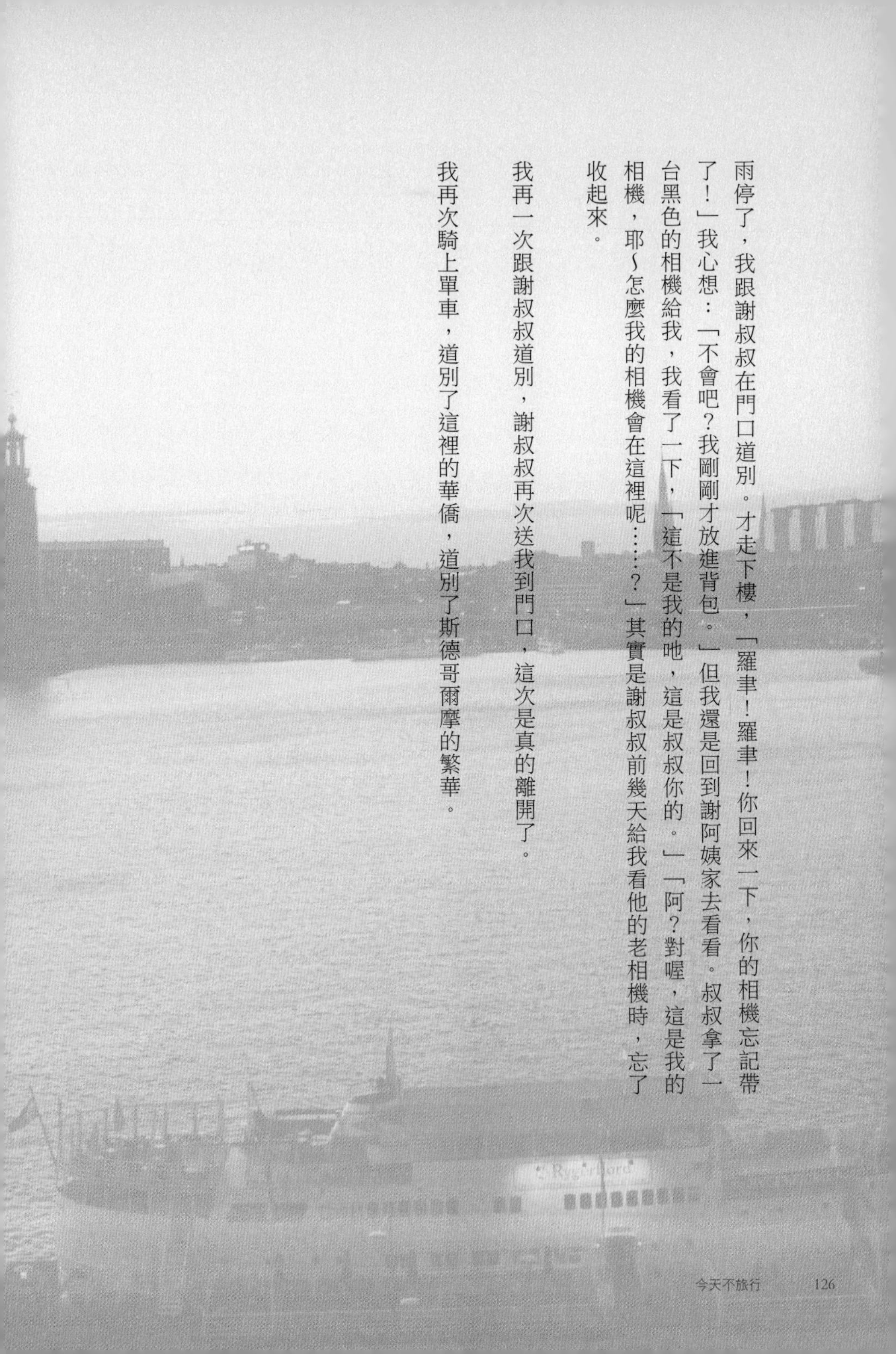

雨停了，我跟謝叔叔在門口道別。才走下樓，「羅聿！羅聿！你回來一下，你的相機忘記帶了！」我心想：「不會吧？我剛剛才放進背包。」但我還是回到謝阿姨家去看看。叔叔拿了一台黑色的相機給我，我看了一下，「這不是我的吔，這是叔叔你的。」「阿？對喔，這是我的相機，耶~怎麼我的相機會在這裡呢……？」其實是謝叔叔前幾天給我看他的老相機時，忘了收起來。

我再一次跟謝叔叔道別，謝叔叔再次送我到門口，這次是真的離開了。

我再次騎上單車，道別了這裡的華僑，道別了斯德哥爾摩的繁華。

謝阿姨。

老照片。

一向淡定的謝叔叔，露出難得的笑容，為我的旅程留下深刻的祝福。

為了跟上時代，許多華僑們很努力地學著用電腦、用 SKYPE。謝叔叔學會了 SKYPE 以後，每天都能跟全世界的親戚們閒話家常。

17 行者忘年情

前幾天是端午節，在斯德哥爾摩的圓山飯店舉辦了慶祝會，散居在瑞典各地的臺灣華僑又再次齊聚一堂。與我同桌的一位蒼髮大叔看著我的穿著，問我：「年輕人，你接下來往哪走？」他很專注地分析了我的路線之後，下了一個結論：「你接下來肯定會到烏普薩拉（Uppsala）的。」我點點頭，他給了我一個輕輕的微笑，說：「我就住在烏普薩拉，你到時可以來找我。」

和敏行叔這番巧遇，不知道是什麼力量的牽引，我感覺像是遇見了另外一個旅人，一拍即合。

這天出發去烏普薩拉，接近中午時候，敏行叔打電話來問我來到了哪裡。「我跟你說，我以前也從斯德哥爾摩騎到烏普薩拉。你等一下會爬個小山丘，這個山不高，你大概半個小時就可以過去，接下來基本上都是平地，我估計你下午四五點就可以到。」分析得這麼精確，不知道他老人家跑過了幾遍。

我放下電話，正準備要啟程的時候，電話又再度響起，還是敏行叔，他說：「等一下如果下起雨，你就不要騎了，打給我，我去接你。」再次放下電話，我望了望天空，心裡覺得暖暖的。

今天萬里無雲，不太可能下雨，但他還是為我想到了這一點。

古老的烏普薩拉城在西元一二八七年就有了它的教堂，而且是主教教堂，規模是北歐最大，年紀是北歐最深；西元一四七七年它有了大學，並且讓自己化身成為大學城，讓知識不受限於圍牆之內，讓求知的風氣瀰漫在整座城市。

烏普薩拉大學的各個系館散落在城市裡頭，沒有特別的指標區隔。唯一可以區分的，是城中央的菲里斯河（Fyrisån），這條河的東邊都是民房，西邊是校區，不過校區裡夾雜著民房和市場。

早早以前，各地的瑞典學生全都到這裡求學，所以這邊出現了瑞典極少數的「會館」制度，就像在臺灣的大學裡有中友會、南友會一樣。但他們的會館不僅是辦活動，會館提供急難救助，讓所有同鄉的人可以在這邊安心求學。隨著時代改變，會館的一些功能都取消了，但是學校還是規定，大家必須具備會館成員的身分。

我來到烏普薩拉市中心，果真是五點，剛好敏行叔下班，他騎著腳踏車過來帶我去他家。敏行叔最近在搬家，暫住在他父母留下的小公寓。

進了門，王大嬸一邊桿著麵皮，一邊招呼我，旁邊的盤子上擺著一顆一顆的餃子。「阿姨是台南人啦，阿我包的餃子比較是南部口味，你等一下試試看。阿如果不合口味的話齁，我還有準備炒米粉啦！你再吃米粉。」「阿姨，免這麼搞工啦！我很好養的，吃什麼都好。」「唉唷！難得有臺灣人來我家，你又跑了這麼遠，小小招待一下而已啦！」感覺回到了熱情的南臺灣，幾句不輪轉的臺語說出口，就算不標準也覺得歡喜。

在海外講家鄉話是一種生活娛樂。當我們每天用著別的語言生活的時候，心裡頭總要先經過一種轉換，這種轉換不是語言的轉換，而是在提醒自己：我們不在家鄉，我們必須用這裡的語言生活。

雖然我們很容易習慣這個轉換，也常常轉換到「當地人模式」，但我們總是會自動轉換回來。有一天我們遇到同鄉人，這個轉換就成了多餘，我們不需轉換就能暢快地聊起來，這個不需轉換的語言就叫母語，不需要轉換的喜悅就叫鄉情。

「你的旅程打算怎麼走？」敏行叔問了我的路線，笑了笑說：「這趟旅程很棒呀！要是我沒事的話，我一定陪你一塊兒去。」

敏行叔年輕時候就是個活躍的旅行者，走遍了世界，他的足跡總是落在一些特別的地方：板門店、廣島、阿富汗、北婆羅洲。三十多年前，有誰會想去這些地方？重視歷史脈絡的人會去，

我在端午節午宴上和敏行叔（左一）同桌。他很專注地分析我的旅行路線，告訴我：「你接下來肯定會到烏普薩拉的。」

行者相逢，話題總是在天涯海角。

關心世界的人會去，當旅行的初衷含有關懷世界的成分時，這些地方就與長城、金字塔有了一樣的價值。

他同時預見了文化將會在觀光產業的侵蝕下逐漸褪色，因此搶在一切變調之前，先做了徹底的巡禮。

夜裡，敏行叔燒了一張光碟，裡面是他過去旅途上考察的心得，「你要知道，這些東西我平常是不給別人看的，我們有緣，我才把它交給你。」

在旅行的這條路上，我和敏行叔走的是同一個方向，雖然出發的時間不同，終究因為共同的理念而相遇，他的心得是一種傳承，傳承文化行者的精神。

「我還有件東西要跟你分享。」敏行叔說，我們來到了餐廳，他提著一個長長木箱子，像是小提琴盒。敏行叔小心翼翼地把盒子放在桌上，打開來是一台既像小提琴，又像手風琴的樂器。「這叫 **Nyckelharpa**（鍵提琴），是瑞典的民族樂器。」鍵提琴，顧名思義就是有按鍵的提琴，上面有三十七根鍵，這些鍵取代了原本演奏提琴時，壓弦的動作。鍵提琴和吉他一樣有背帶，掛在腰部演奏，或是坐在椅子上演奏。

敏行叔演奏著來自瑞典中部達拉那地區的曲子，溫和卻又不失活潑。

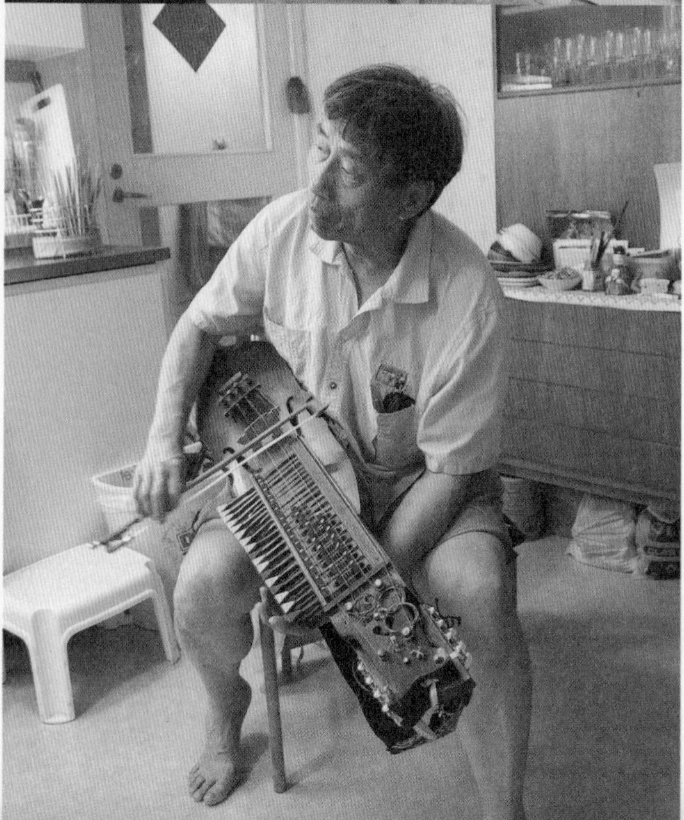

我閉上眼睛，腦海中出現一堆發亮的營火，兩個來自東方的旅行者，各自走過不同的漫長旅途之後，在夏夜琴音的沁涼中相逢。

18 走進烏普薩拉

烏普薩拉的街道似乎正為了通往大學而建造的，我自然而然地就走向了烏普薩拉大學。

身為北歐的大學元老，烏普薩拉大學有著它的不凡，走進他們的教學大樓，彷彿走進了神殿。雄偉的雕像，精緻的壁畫，周圍透著一種冷冷的沉韻，教人不敢張口亂語，趕緊檢查自己的衣著，自己的行儀是否合乎場合。

教室裡，老師站在教室前頭，像是位演奏家一樣，而他的表演者全在他面前，大家此起彼落地討論，一首探索知識的交響樂正在演奏著。

三百年前，有一位重要的植物學者也在附近的教室裡和同學們高談闊論著。這位植物學者在生物學界裡跟達爾文一樣耳熟能詳，他叫林奈。

從此這位瑞典的植物學家發明了「二名法」以後，地球上所有物種都有了獨一無二的名字。這套系統用了快三百年，即使命名用的拉丁文已經成為「死的語言」，二名法仍然生生不息。

在這樣的殿堂裡求學，少不了朝聖般的虔誠心情。

教堂裡的牆上說明著教堂曾經毀於祝融，但沒有毀於兵燹。

一七三二年，烏普薩拉大學科學院裡通過了一項贊助計畫：讓林奈教授前往北方的拉普蘭地區進行植物考察。

拉普蘭是瑞典北部一片神祕的土地，有一半的範圍都在北極圈裡面，半年白晝，半年黑夜，在一望無際的森林裡，只有過著原始生活的薩米人居住在裡頭。在大航海時代，歐洲國家無不以傾國之力發展海上探險，當歐洲人不斷航向大海的盡頭，拉普蘭成了被遺忘的空白。

能夠接下這份歷史性的任務，林奈很高興，他不僅能夠為母校爭光，也滿足了自己對自然的探索。林奈順利的完成了這次的調查任務，帶回了一百多種新種植物。三年之後，林奈發表了新書《植物種誌》（Species Plantarum），書中植物的名字讓大家耳目一新，世人首次一睹「二名法」的簡潔。

身為一位植物學大師，林奈發下宏願要蒐羅世界上的物種，他將自己的弟子送往世界各地去採集，這一群曾經追隨林奈的弟子們跟他們的老師一樣，畢生奉獻投入在植物的發現與命名，並且將他們的紀錄寄回瑞典，由林奈審核之後公諸於世。

其中有一位名叫卡爾彼特（Carl Peter Thunberg）的弟子遠赴重洋，走進了鎖國時代的日本。為了實現老師的願望，他以外科醫生的身分獲准在長崎的出島居住。出島是當時日本對西方開放的唯一出入口，一般的外國人不能擅自離開出島，但卡爾彼特成為了極少數的例外，獲准在離岸的地區採集植物。

二〇〇七年五月二十七日，整個烏普薩拉慶祝著林奈三百歲的生日，會場上聚集來自世界各地的生物學家，本身就是魚類學家的日本明仁天皇也在這場盛會之中。瑞典將卡爾彼特的手稿贈送給了日本，一部流浪於遠東與北海的筆記本，再次展開了新的旅程。

大學郊外有一座在山丘上的城堡，這個城堡的地理位置絕佳，可以把整個烏普薩拉盡收眼底。在制高點上修建城堡和砲台，完全是出於戰略考量，但是砲台方向清楚地告訴所有人：大砲不是為了攘外，而是安內。

這座城堡的故事比林奈還要早上兩百年，當時的瑞典剛剛擺脫丹麥的掌握，而國內的政治權杖落在大主教手裡。新任的國王為了徹底取得政治力量，廢掉了教宗選定的大主教，不惜和羅馬教廷交惡。

在摧毀神權的過程中，國王不敢輕忽舊教勢力所引發的軍事力量，要瓦解舊教勢力，必須先瓦解在烏普薩拉的主教勢力。因此國王下令：在城外的這座山頭上建造城堡和砲台，砲台對準的方向，正是整座烏普薩拉城的最高地標——主教大教堂，讓山下的大主教寢食難安。

雖然瑞典人對愛惜文物有很崇高的情操，但是當王權與神權發生矛盾的時候，砲火就沒有情操了。

幸好，砲台和大教堂終究相安無事。

大教堂的完好保存，是信仰和藝術的延續；砲台的原封不動，是國王冷靜與智慧的展現，倘若當時有其中一方失控，今日的烏普薩拉必然會遜色許多。

雄偉的烏普薩拉大教堂，曾經一手握住天堂與世俗的權杖。如今高塔依舊，一切都在藍天白雲之中輕描淡寫著。

敏行叔送給我的資料裡，有幾張黑白照片。其中一張裡頭有個英俊的年輕人，左手拿著中國茶壺，右手端著一只咖啡杯，滿臉笑容地看著鏡頭，這是敏行叔已故的父親王紹林。

半個世紀以前的中國知識份子，就像那只中國茶壺與咖啡杯一樣，懷著中華文化的底蘊，過著西式的生活，王紹林大概就是這個時代下的一位人物。

王紹林年輕的時候在南京國民政府的合作金庫裡擔任秘書。一九四六年的秋天，王紹林奉派到加拿大參加國際合作社大會。

來到舊金山，這個好奇的年輕人對於眼前這台道格拉斯 DC-4 充滿興趣，飛機是當時很新穎的交通工具，而道格拉斯 DC-4 是當時最先進的螺旋槳客機，是貴賓中的貴賓才能坐的。當所有人在排隊登機的時候，王紹林這頭看看，那頭看看，一直到機艙門要關上了，才姍姍走進，坐在機尾的位置上。

飛機出發之後幾個小時，機長就傳來通知：飛機出了問題，要緊急迫降。但飛機下降的速度太笑容可掬的茶博士（王紹林），手中的那杯茶彷彿正散發著清新的芬芳。

快，失去平衡的機翼首先墜地爆炸，整架飛機陷入了漫天大火之中，坐在機翼旁的乘客首當其衝，不少人在巨大碰撞中喪生。王紹林卻因為坐在最後頭，奇蹟似地生還，只受了皮肉傷。

沒能趕上加拿大的國際合作社大會，王紹林來到歐洲，一邊考察各國的合作社，一邊在民力報跑海外新聞。

下一屆的國際合作社大會由捷克斯洛伐克（現在已變成捷克與斯洛伐克兩個國家）主辦，地點在布拉格。中國代表王紹林在會場上遇到了瑞典來的 Mr. Albin Johansson，正好談到了中國茶。這位瑞典代表對中國茶讚譽有加，王紹林對茶藝的見解，更讓瑞典代表嚮往。「瑞典正缺茶博士呢！您是否能來到我們國家，擔任瑞典的茶博士？」Mr. AlbinJohansson 忍不住詢問這位中國代表。

此時中國的內戰如火如荼，王紹林回不去，兒子王敏行剛出生，卻一面也見不上。思國思鄉，都是一種煎熬。內戰讓政府的財政陷入窘迫，沒有辦法支付薪水給王紹林，相當於失業的他，決定聽從 Mr. AlbinJohansson 的建議。

年輕的王紹林拾起行囊，來到了一個素未謀面的北歐國度。

二戰才剛剛結束，歐洲各地到處斷垣殘壁，瑞典不僅毫髮無傷，這裡的美麗更留住了王紹林的心，他來到了首都斯德哥爾摩，在瑞典合作社工作。

這時在遠方的中國，國民黨在戰事上節節敗退，共產黨已經占領長江以北，準備要渡江攻打南京。王紹林的妻兒要回老家金壇，火車上擠滿了人，他們只能坐在火車頂頭。到了鄉下，公車不開了，他們必須跟著軍隊在混亂的人群中逃跑。

敏行叔還不到三歲的時候，共軍已經過了長江，國民政府遷往台灣。鬥地主運動隨即而來，身為國民政府官員的家眷，王家備受關注。

王紹林見到兒子的時候，敏行叔已經是個十五歲的少年了。敏行叔和母親坐火車從北京直奔西伯利亞，橫越整個歐亞大陸，再從莫斯科搭飛機到瑞典，分隔多年的一家人，終於在海外團聚。

一九四九年大陸的政權更迭，當時國民政府的說法是「神州陸沉」。身為一個知識份子，神州雖然沉了，但神州的精神還在，神州的文化還在，傳承與發揚成了知識份子的使命。精神要能永恆，就必須傳承；文化要能不失，就必須弘揚。

王紹林放下了合作社的工作，當起全職的茶博士。賣茶不是為了謀生，而是分享與推廣。

每次茶會，王紹林總是身穿一襲白袍，肩上披著大紅彩帶，親自示範泡茶。在茶香裡，訴說著中華文化的味道。

有什麼理由使一個海外遊子願意用一生的熱情去宣揚自己的文化？也許是經歷了太多的流浪與分離，帶不走的太多，帶得走的，就跟大家一起分享吧！與其孤芳自賞，自怨自憐，不如敞開大門，互相交流。

敏行叔的父親在照片裡頭總是笑得很燦爛，友善的眼神裡，讓人感受到他迫不及待分享手中的那一杯中國茶。

半個世紀以前，瑞典人的下午茶只有咖啡的芬芳，曾幾何時，咖啡杯裡頭，也時常飄著濃郁的茶香。如今，茶也成為了瑞典人生活的一部分，那個來自東方的茶博士，仍在分享他的文化。

王紹林在瑞典到處舉辦茶會，用熱情和精湛的手藝推廣中國茶。如今茶已經成為瑞典人必備的飲料，也許這不盡然是因為王紹林的緣故，但肯定有一份貢獻。

ESS:
Tack Road
nton.
341"
or 18405

中國茶業公司廣東分公司

CHINA NATIONAL TEA CORPORATION KWANGTUNG BRANCH OFFICE

電報掛號：一〇八四一號 一四二三五

發展 國際 | 經營業務 | 紅茶 青茶 綠茶 磚茶 白茶 花茶 餅茶 大岩茶 烏龍茶 六堡茶 各種副茶 | 歡迎選購 | 內外交流

王紹林用自己過去在合作社的人脈，從廣東進口了各種茶葉到瑞典。

Courtesy, "Croydon Advertiser."

Mr. Wang Shou-Ling, Secretary of the Co-operative League of China, seen chatting with the Defence Minister, Mr. A. V. Alexander, who addressed a meeting on the 26th International Co operative Day, held recently at Wandle Park, Croydon.

The taxation of co-operatives could be a serious problem in

1948 年王紹林以民力報記者身分來到倫敦，採訪當時英國的國防部長 A. V. Alexander。

20 生人誤進

在敏行叔家打擾了兩天，我準備前往下一個小鎮。

「帶在路上吃，讓你多懷念一點家鄉味。」昱綾阿姨準備了一包鍋貼給我當晚餐，「回來的時候，再來我們家吃餃子啊！」我手中接過餃子，熱呼呼的，昱綾阿姨包了一層紙在外頭，讓我拿著不會燙。敏行叔笑著說：「你好好帶著，什麼東西到了五十公里外都會變成寶貝哪！」

敏行叔親自為我送行。本來要在烏普薩拉老城（Gamla Uppsala）道別，敏行叔說：「我再陪你走一段吧！」。太陽很大，就像敏行叔的熱情一樣，轉眼，我們已離開了烏普薩拉。

敏行叔一直在我旁邊騎著車子，沒有說什麼。

我也默默地，多麼希望這樣的時光可以一直延續下去。

心裡不斷浮現那天敏行叔說的話：「要是我沒事的話，我一定陪你一塊兒去。」如果可以這樣，該有多好。

這永恆的一瞬，至今在我心中仍然歷歷在目。

對於一個旅人，離別是無可避免的傷心。我和敏行叔很有默契地選擇了最後分別的地方：就在前面那個山坡上。在上坡前，我知道自己必須前進，但雙腳卻期待能一直佇足，甚至倒回去。

終究還是到了山坡上，我們停了下來。敏行叔說：「明年我會在臺灣過農曆年，到時候還會見面的。」「到時候你來，一定要跟我說喔！」「哈哈！一定，一定。」敏行叔笑得很瀟灑。

臨走前，敏行叔還是不忘餽贈我旅途上的資訊，我接下來會遇到很多地方叫做某某馬克（Mark），或是叫某某布魯克（Bruk）的，這些地方以前發現鐵礦，成了鐵工廠，早期的農具和火器，都在這些地方生產。

「那我回去了，你到了，再打個電話給我。」說罷，敏行叔便回頭。

我正目送他，趕緊拿起相機捕捉他的背影。他已離我幾十公尺遠，應該是聽不見快門聲的，但他很有默契地回頭了，我們彼此招了招手。

我還是忍不住哭了，如果招手可以挽留眼眶裡的淚，我願一直招下去。

敏行叔的身影消失在山丘下，我已開始想念他。我閉上眼，感覺他豁達的笑容和那一股豁達的心情一直在提醒著我：淚水，紀念著永遠的回憶；微笑，紀念著永遠的默契。

我張開雙眼，帶著豁達的微笑，走向下一段的旅程。

有人說：「烏普薩拉以北，就開始人煙稀少了。」果不其然，傍晚我來到了只有百位居民的小村莊。

這裡叫福什馬克（Forsmark），如同敏行叔說的一樣，這裡從前是個鐵工廠，已經有兩百多年的歷史了。四座小湖給了這個小村莊無比的溫柔，隨意望去，每一處的水中都還有一座村莊，在水蚊輕舞的漣漪之中，水中的村莊更添了一層夢幻的色彩。

難得來到這樣詩情畫意的小村，我特地找了湖畔的一塊空地紮營。這樣，就能整晚欣賞水天一色的風景。

這個水村看起來優美無比，但是湖畔不只有大蚊子、小黑蚊還有奇怪的蒼蠅。這裡的蚊子和臺灣的很不同，牠們不管你如何搖動四肢，一旦貼上了，就死命的吸吮，至死方休。吸血也就算了，被叮上幾十個包，絕對會癢死。

傍晚來到了福什馬克。

每天的這個時間，太陽只會剩下光與影，四周的溫度驟降成一股股寒意，大群大群的蚊子從樹林深處跑出來尋覓溫熱的血液，我總是眾矢之的。

看！牠們又來了！

為了躲避蚊子的追殺，我趕緊拉上帳門拉鍊，帶著食物逃到附近的一間公共廁所。幸好廁所的門縫很小，蚊子進不來。我暫時逃過一劫，但也不敢到外頭吃晚餐，索性就在廁所吃起鍋貼，順便把衣服也在這裡洗好。

被一群蚊子關禁閉，這是無關勇氣與面子的退讓。

走回營地的路上，巧遇兩個醉醺醺的老男人。這兩個人一高一矮，高老人牽著古董一樣的破舊腳踏車，矮老人挽著高老人的手，兩個人腳

步都危危顫顫，卻互相扶持得很好。

他們看見我，熱情地打了招呼。高老人對我噴出一口濃濃的酒氣，問我從哪裡來。我簡單地說了一下，也問他們是否住在附近。「對對對對！我們，我們住在教堂前面……」高老人搖搖晃晃地，口齒不清地把話說完，吻了一下矮老人的臉頰，然後收起深情的眼神，轉過頭對我繼續說道：「他，他的老婆跟他離婚了，我照顧他，我們是——情侶。」矮老人滿臉緋紅，不知道是因為酒精還是幸福：「他，他是我的丈夫，我，我愛他。」說罷，兩個人很有默契地互吻著對方的臉頰。

真是奇景。

瑞典有很多這樣只有百十個人的小村莊，在森林的深處遺世獨立。如果你不想到城市去打拚，政府的福利政策可以讓你一輩子都不需要

每一處的水中都還有一座村莊，在水蚊輕舞的漣漪之中，水中的村莊更添了一層夢幻的色彩。

走出村莊。因為這個緣故，很多鄉下人一生都只在自己住的村莊裡生活，頂多到附近的村莊去做點生意。狹小的生活圈，使得同性戀和雙性戀的比例偏高，但也因此，瑞典成為世界上性別平等的指標國家之一。

回到營地，我的帳篷外頭已經被蚊子給攻陷。牠們密密麻麻地站在帳門上，隨時準備要飛進帳篷裡，像是非洲大草原裡，飢腸轆轆的餓狼。我抖一抖帳棚，把牠們趕走；揮一揮手，把身邊的蚊子趕跑了。隨即拉下帳門，衝進帳棚，關上帳門。牠們發現中計，迅速飛回帳門前面，眼巴巴地瞪著我。

看著牠們，喘息之中我滿是慶幸。

突然，耳邊傳來一股微微的震波「嗡～」，我馬上起了雞皮疙瘩，還來不及懷疑帳篷是否有破，我先打死了兩隻在帳篷內的蚊子，然後以最高警戒巡視帳棚的每一個角落，確認再沒有任何偷渡進來的生物。

閉上眼，嗡嗡聲自遠處幽幽地發響，那是多少窮凶惡極的嗜血者在怒號。帳門外我已看不見美景，只見不斷匍匐的殭屍。

「咚～～咚」附近傳來了午夜的十二響鐘聲。

湖畔的永晝風光無限，真希望沒有帳棚外沒有那些凶惡的蚊子。

矮老人要我幫他和高老人照相，我請矮老人幫我拿了相機，反而被他給搶拍了。

21 浪人的喜悅

住在鐘塔附近，真不會忘記時間。太陽再次升起，大地回溫，蚊蟲也都散去了，只有那些不小心被露水纏住而脫不了身的，趴在帳棚上坐以待斃。

出了福什馬克，迎面而來的是茂密的森林。在森林裡騎車很愜意，但是騎四個小時之後，頭上就會開始出現小天使和小惡魔，你不跟他們對話，會被悶死；你跟他們對話，會被煩死。小天使和小惡魔永遠在那邊爭執不下，一個說：「就快到了！」，另一個說：「好遠吶……」有時候小惡魔占了上風，就只能趕緊吃些餅乾飲料，安撫一下小惡魔；有時候小天使占了上風，最好唱首歌，讓小天使繼續守護著。

道路旁邊不時有許多小看板，上面寫著瑞典文：「Loppis!」，下面寫著數字，應該是時間，其餘的字我就看不懂了。這是什麼意思呢？猜了很久，觀察過不同的 Loppis 看板之後，我得出了一個結論：Loppis 是這裡的名產！Loppis 一定是一種好吃的食物，不論是吃的或喝的，這附近的村子都有人在做，因為太多人賣了，只好打出廣告，同樣是 Loppis，我們這家店的營業時間如下，歡迎您來品嚐。

懷著美食夢，我的車頭一拐，沿著某塊 Loppis 的看板進去村莊了。天空再次陷入烏雲之中，我來到一個美麗的水村。只見全村的村民聚集在村口，地上堆滿了各種東西，鍋碗瓢盆、娃娃，還有大型的木頭寶箱，彷彿是搬家大會一樣。旁邊大大的告示牌寫著：Loppis。

原來 Loppis 是跳蚤拍賣會！

村民們圍在一位身穿靛色衣服的大叔前面，大叔左手執著一支木槌，高聲說出目前要拍賣的東西，它的主人是誰，東西情況如何，底價多少。於是大家就爭相喊價，至於沒有要買的人，則四處觀望，看看有沒有自己想要的東西，看上了，就排隊等拍賣的順序。

整個拍賣會上除了喊價的人，其餘的人都靜默著，而喊價也不是胡亂開口，大家必須比出手勢，由執槌大叔決定誰先出價，被木槌指到，才有開口的權力，井然有序的肅穆氛圍，像是在進行一場延續物命的儀式，反而不像是用錢講話的拍賣會。

「啪！」一筆買賣成交了，執槌大叔高聲宣布東西的新主人，現場傳來一片掌聲。掌聲像是為舊的東西獲得了新的生命旅程而喝采，也像是在祝福新主人得到了他的新歡。

瑞典人一直有著物盡其用的傳統，在沒有汽車的時代，要去城市買東西很困難，同一個村子的人乾脆就把自家的東西拿出來，也許你家需要的我家有，而我家需要的他家有，直接在村子裡辦個 Loppis 就可以解決了。

到今天，瑞典鄉下還是有很多小村莊，雖然大家有了車，可以輕易地往返大城市，還是喜歡舉辦 Loppis，彼此分享自家的東西。

看著看著，突然下起大雨，村民們紛紛跑去躲雨去了，有些人擔心自己的家當，蓋上帆布之後才走。雨勢稍停，人潮又再次出現，靛衣大叔再次爬上了檯子，繼續主持拍賣大會。

Loppis 果真是個名產，可惜沒有美食的 Loppis。

騎車的日子總是期盼美食的出現，否則每日三餐都吃一樣：熱狗麵包配培根醬。身上的輕便鍋爐其實是可以煮點東西的，但是每次到了紮營地，就要忙著搭帳棚、清理腳踏車、洗衣服等等，一堆事情要忙，等到瑣事處理完，晚餐就草草解決，已經沒有心思煮東西了。到現在輕便鍋爐都還完好如初。

一進入耶夫勒城（Gävle），麥當勞和 Willy:s 迎面而來，我欣喜若狂。Willy:s 是大賣場，可以買到便宜的食物和果汁。小村莊裡的東西都很貴，只有來到大賣場，才可以多買一些自己想吃的東西。走出 Willy:s，我則帶著換洗衣物進了麥當勞。

遇到了溼漉漉的夜晚，就必須趁著朝陽趕緊把所有東西拿出來晾乾。

古老的儀式，時尚的方便。

在旅途中看見麥當勞，彷彿就像在沙漠裡遇到綠洲一樣，除了有便宜的熱食，最大的莫過於整潔的廁所——這是擦澡的好地方。毛巾沾點洗手乳、沾點水，往頭上搓一搓，再沖掉泡沫，就可以把頭洗得很乾淨。頭洗乾淨了，就有「洗過澡」的滿足，這股滿足感可以使人一夜好眠。

瑞典的麥當勞廁所都是要收費的，用一次十克朗；或者得去消費，在發票上面的某個角落，印著廁所的密碼——通常是1234這樣簡單的數字，有時候碰碰運氣就能打開門。

什麼家當都能拿到 Loppis 賣。

原來是墓園外頭，難怪人煙罕至。

耶夫勒的郊區有一座大公園，雖然是晚上十點，永晝的天空看起來跟下午沒什麼兩樣，公園裡到處都是遊玩的人。公園盡頭的那一大片草地空蕩蕩地，格外安靜，我決定在這裡紮營。

原來營地的樹林後面是墓園。

之前在義大利南部旅行，在沙發衝浪的主人家認識一位朋友，她也喜歡騎腳踏車旅行，聊到了在外面該找什麼地方露營，她說：「我有個朋友旅行的時候都睡在墓園喔！」。睡墓園這件事情乍聽之下有點恐怖，雖然外國的墓園整理得很好，而且墓碑上不像臺灣貼上往生者的相片，沒有那麼陰森。但終究是埋葬死人的地方，躺在那邊，能夠睡得著嗎？

她朋友的見解很妙：「睡墓園有很多好處的：第一，那邊很安靜，沒有人打擾；第二，那邊很平坦，適合搭帳棚；第三，那邊可能會有廁所，而且晚上不會有人跟你搶。」

聽起來還真有道理，如果心裡沒有鬼神罣礙，那麼墓園的確是個適合旅人休息的地方。

等等，她不是說可能會有廁所嗎？我沿著墓園的圍牆一直走，進了墓園，經過管理室，發現後面有一間藍色的小屋子，我輕輕地推開門，這不就是……

屬於浪人的喜悅！

22 雨中，誰是豪傑？

下一個有臺灣華僑的地方在松茲瓦爾（Sundsvall），距離耶夫勒還有兩百多公里，到這一段路沒有明顯的公路標示。為了保險起見，我去了遊客中心問路。

在瑞典旅行有個福音：不管是大小城鎮都有遊客中心，通常在火車站附近，他們都有個大大的「i」字樣，不怕找不到。

遊客中心的大哥給了我一張單車地圖，畫得有點粗糙，地圖上有兩條路線，紅線靠內陸，藍線靠海邊，大哥建議我走藍線。據說走藍線，一路上就可以看到美麗的海景，我最愛看海景，毫不猶豫地選擇了藍線。

才剛離開耶夫勒，來到一家超市外頭，白茫茫的大雨驅散了悠閒的人群，遮掩了明亮的天色。

我知道這是考驗耐心的時候，先進去逛了一遍超市，然後在屋簷下坐著。半小時過去了，四十分鐘、五十分鐘……這場雨到底要下到什麼時候？

等半小時很容易，等半天就是煎熬。我決定主動出擊，就淋點雨吧，瑞典的雨很乾淨，不怕禿頭。

第一次在雨中騎車，雖然有準備雨備，但真的碰上了，還是有些不知所措。逆著風，全身上下都凍透了，只要下起大雨，瑞典的夏天立刻能變成寒冷的冬。

雨不曾停過，我的褲子濕了，腳濕了，臉也濕了，一切不知道是汗是雨。

雖然我很想用什麼鼓勵自己，但是耳際沒有鼓勵的話語，只有蒼涼的風聲和沈重的雨聲。我無法試著去想像一些快樂的時光，心中只想著什麼時候才能離開這條路，這場雨。

豪情壯志是需要考驗的，一場風雨就能測試

一下雨，立刻像冬天一樣寒冷。

出一個人有多少能耐。

傍晚，雨總算暫停。最近的城鎮瑟德港（Söderhamn）還有十幾公里，我身處在一片不知名的荒郊野外。

營地後面三不五時從樹林裡傳來說話的聲音，感覺聲音很遙遠，卻是疾言厲色，像是詛咒般地謾罵。為了找出跟我捉迷藏的怪聲，我在營地附近來回搜索，始終找不到半個人影，只有放任怪聲在林中肆虐。

也許是太累了，我剛闔上眼，怪聲就被隔絕在夢境之外。

充氣保暖衣瞬間迅速地留住了我的體溫。當初並沒有想到要準備這一件，這個時候卻剛好派上用場。

雨不知道下了多久，總算稍稍停了一下。

23 林海飄泊

踏進了大自然的迷宮裡。

森林裡沒有距離，不知道過了幾十分鐘，你終於看見了一塊指標，然後下一塊指標，又在幾十分鐘之後。偏偏路途中有很多岔路，運氣好的時候，路跡會留下一些暗示；運氣不好的時候，只能對著指南針祈禱。GPS 放大再放大，你的位置永遠在空白的區塊裡；地圖上畫的路線，跟眼前的指標常常意見相左。

如果不小心走錯了，盡頭的荒涼景色往往會讓人徹底絕望。此時，最好的辦法就是——老老實實地回頭。

森林裡沒有方向，也許經過幾次的大轉彎之後，我們會突然發現：原來自己的方向一直沒變。

這幾天的目標很簡單，就是一路往北走，但是絕大多數時間，我都不知道自己身在何方，也不知道自己到底通往何方。

眼前又是一個叉路口，左邊的柏油越來越少，最終隱沒在一片蠻荒的土坡；右邊的路柏油黑亮，一路筆直寬闊，看起來就是指引著讓迷茫的旅人通往出口，我毫不猶豫選擇右邊的柏油路。

一個小時過去，淙淙的流水聲是唯一的感受，除此之外，只有藏在樹林後面幾棟長滿青苔的老房子。腳下的柏油依舊，但是文明的氣息卻越來越稀微了。

路標終於出現！但是上面的地名告訴我，我走錯路了。

漫漫林海，真是不輸給東非裂谷的漫天黃沙。

我以為自己對走迷宮很有心得了，走了半天的路都沒錯，而這一錯，就錯了一個多小時。冒險的路其實不會白走，錯與對，只是先後順序的差別而已。

又花了一個小時回到岔路口，選擇左邊的石頭路。每次面對石頭路，我只能恭敬地下車步行，深怕輪胎不小心得罪了一顆尖銳的石頭，我和菜籃車就可能在百里無人的曠野中癱瘓，到時就算呼天搶地，緊急報警，恐怕都不知道何年何月才會被搭救起來。沿著又陡又彎的山坡，我終於穿過了森林，再次回到了柏油路上。

在沒有距離的森林裡行走，
耐心與堅持都會昇華到極致。

出現了村莊！村莊裡面如果有商店，便可以補充食物，有了食物，就有在迷宮裡打轉的體力。我買完東西之後隨即上路，又走進了另一段的森林迷宮。

之前在遊客中心，服務小姐告訴我政府最近在建造新的歐洲公路E4，我可能要走替代道路，沒想到我現在竟然騎上了正在興建的E4。

放眼望去，柏油從前方的森林裡鋪將過來，又從後面延伸下去，極為壯觀。

遭遇一整條全新卻沒有車子的馬路有些恐怖，馬路終究是為了跑汽車而存在的，失去車輛的馬路就像失去主人的豪宅，裡面雖然整齊華美，卻人去樓空。我像是誤闖了禁地似地在這條路上騎乘著，腳踩得有些顫抖。

公路的盡頭是一個沒有指標的圓環，眼前三條黑得發亮的馬路分別指向三個不同的方向，究竟哪一條才能離開這裡？腎上腺素快速地分泌著，這條新蓋的道路GPS上完全找不到，而每一個路口看起來又都一樣。

緊張之際，我閉上眼睛，靜靜地聽著。遠方似有似有微弱的車聲，我怕是幻聽，但不久之後，遠方又傳來一陣隆隆的聲響，地面隱隱震動，可能是一台巨型卡車萬馬奔騰地馳過。

「聲音在左邊！」心中一亮，我選擇了左邊的路口。不久，一條大馬路出現在面前，幾輛車子呼嘯而去，又回到了往北的路上。

雖然被森林擋住了四周，但我感到自己不斷在往上爬。穿過了一片遮天蔽日的密林之後，剎那間柳暗花明，一個小巧的山中小村迎面而來，幾棟紅色的小木屋點綴在山谷和山麓，蜿蜒的道路通往每一戶住家。

暗沉的天色讓我本能地四下尋找合適的紮營地，這個山村的地都很窄，還沒找到就已經出了村子。村外橫著一條寬敞的大馬路，指標寫著：歐洲公路E4。一台又一台如子彈一般的車輛在我面前飆出一聲聲刺耳的聲響，像是在向我宣告：不可靠近！不可踐踏！這是屬於高速的世界。

翻山越嶺，竟然又把自己送進了死胡同。我沮喪地回到山村，停在教堂前面。

就在教堂旁邊，我看見一片寬廣的草地，草地上有幾塊青石，每塊青石前面整齊地擺著繽紛的小花。

是墓園。

在森林裡一整天都沒和一個人說話，此時在滿目的石碑前面，心裡卻充滿說話的對象：「哈囉？大家晚安！不好意思，我今天一直迷路，晚上又找不到地方睡覺。我看這裡還有位置，不知道可不可以跟大家借一晚？」

墓園的寧靜安詳似有指引，我有些緊張，卻又被冥冥召喚，緩緩地牽著車子，走了進去。

每走過一塊石碑，似乎就和一個陌生人對視，我一邊打著招呼，一邊找尋適合我的床位。

墓園的盡頭有一間白色的小房子，小白屋的牆上有扇窗，我深怕不經意的窺視會打擾了正在等候床位的「祂們」，因此經過的時候刻意壓低頭，保持著小屋裡的神祕。而小白屋的側面剛好擋住了所有石碑，那裡，應該就是我的位置了。

墓園的草地無比柔軟，先前的露營從沒睡過如此平坦、舒適的地方，附近的每一塊石碑底下，與我同眠的祂們是否也是這麼享受？

閉上眼之後，與我對話的聲音更多了。

先是有個溫柔的聲音安撫我：「累了，就好好休息吧！」然後又有個嚴肅的聲音叮嚀我：「既然躺下了，就不要隨便起身，打擾大家的後果，你應該清楚。」我的意識頻頻地對著這些聲音點頭。

此時，嘩啦啦的雨聲沖散了方才聚集的聲音，一切傳來聲音的地方都沉默了，任憑大雨在這片墓園裡喧囂。帳篷不會隔音，雨聲彷彿穿透我的身軀，我的意識漸漸朦朧，我的軀殼，加入了眾多的安眠隊伍之中。

這是我今晚安眠的所在。

24 死地而生

我正不斷地狂奔。

無邊的黑暗令人莫名地焦慮，想逃，卻離不開，不知道要跑到哪裡，還要跑上多久？

回頭也許有出口，但是轉頭之後仍是一片黑暗，無邊無際。

我不知道自己為麼走進黑暗之中，努力回想黑暗之前的事情，卻一點印象也沒有，零星的畫面像火花一樣，不停閃過岔路與盡頭。

我跑得快喘不過氣了，身體卻越來越冷。

突然，出現了圓形的亮光，亮光像山洞的出口一樣，在前方。

我趕緊往亮光衝了過去，亮光越來越大，把我整個人都包圍了，亮光之後似乎有個東西，我睜大眼睛一看——原來是帳篷頂部的吊環。

眨了眨眼，原來我醒了，但我更應該是還魂了。望著四周，一時之間還不確定自己在哪裡，只知道身體會冷，是因為雙手昨晚不安份地伸出了睡袋。

據說人死了之後，靈魂四處飄泊，第七天的時候會回到家中，家人請來法師，幫助死者順利返家。靈魂最後跟著出殯的隊伍，看著自己的軀殼被安葬了，才安心前往來生之路。

但那些在野外遭遇不幸的人卻沒有這麼幸運，沒有人替他們處理身後之事，因此四處遊盪，既不知從何而來，亦不知欲往何方。

無家可歸與無路可走是多麼可怕的事。孤魂野鬼，真可憐。

帳篷外仍是昏暗的天色，彷彿時間未曾流轉，雨聲像一隻隻敲門的手，陰風是一聲聲含冤的哭號，我彷彿在倩女幽魂裡的蘭若寺。

才走出去幾步路，天地又再次被雨聲給占據，世界又再次剩下小小的帳棚裡，無處可去。

我決定繼續睡覺，相信雨聲會在夢的盡頭歸於平靜。

老天顯然沒有感應到我卑微的請求，我再一次醒過來的時候，雨下得更大，帳棚被雨打得不停搖晃，防雨布已濕透而黏在內帳上，貪婪的雨水慢慢地從外頭滲進帳棚裡。所有能保暖的衣物我都穿在身上，但仍然不停顫抖，體溫不停地從冰冷的手腳上流失。這個帳篷必須棄守，我必須到一個真正的屋簷下躲雨。

去哪呢？帳棚外面只有一間看似做棺材的鐵皮屋，昨晚怕穢氣，沒敢在那邊睡。這個時候還信什麼邪？把所有東西先撤到鐵皮屋再說！

只剩帳篷還在雨中，我渾身發抖，正在猶豫要不要去拿帳篷時，一位撐著黑傘的藍衣大叔無聲無息出現在我身邊，不知是人是鬼。我警覺地盯著他。

我們彼此沉默地打量著對方，除了雨聲，誰也不敢出聲。這位大叔戴著一副老氣的大眼鏡，藍色的衣服原來是牛仔裝。他先開口了：「昨晚睡得好嗎？」「很好。」直到這個時候，我想我才是真正的醒了。

闖入墓園，應該不會有什麼好事情，大叔卻走近我，替我撐傘。

「不好意思，昨天天氣不好，所以我在這裡睡。」「沒關係，我只是來上班的時候，看到你的帳篷，很驚訝。」大叔陪我走到鐵皮屋下，把裡面的手推車拉出去，騰出空間讓我放東西。

我迫不及待地想要向他詢問一切離開這個山村的方法。

大叔知道我是個因為迷路而焦慮的旅人，連忙安慰我：「我們到裡面去，慢慢說。」

這是不是做棺材的地方？

墓園管理者的辦公室，成為我起死回生的庇護所。

原來大叔是墓園的管理者。他帶著我到他的辦公室，是在鐵皮屋後面的另外一間屋子，裡頭是個五、六坪大的房間。

才踏進門，乾燥和溫暖的空氣讓我全身都得到了最徹底的呼吸。大叔倒了一杯熱騰騰的咖啡給我，我雙手緊握著杯子，靠在暖氣旁邊，像個剛脫離家暴的孩子一樣在角落瑟縮。剛脫離恐懼的人，總會心有餘悸。

「說吧！你有什麼問題呢？」大叔做在桌子的另一頭，我拿出地圖問路。大叔告訴我，從這個山村到下個城鎮的路上都有人行道，即便人行道旁邊就是歐洲公路 E4，我還是可以很安全地抵達下個城鎮。

欣喜之餘，我把手裡的地圖都交給了他，更進一步說明我要到松茲瓦爾（Sundsvall）。他站起身來，從我身後的書櫃上翻出一張泛黃的摺疊地圖，他攤開來，竟然是下個城鎮的市區詳圖。「這個城鎮的出口在這裡，你從這裡轉彎，在城外有一家比薩店，過了比薩店要記得右轉。」

認識不到十分鐘，好心的大叔讓我避雨、取暖、問路，救了失溫的我，也救了我崩毀的意志。連日的飄泊、迷路、受寒，我心裡想的都是如何求生，拜訪華僑不想了，單車環繞瑞典不想了，我只想要回家。

這位名叫楊歐洛夫（Jan-olof）的墓園管理者，讓我的意志從墓園裡獲得了重生。

大叔的名字既獨特又道地，Jan 是從德國傳來的瑞典名字，而 olof 的意思是「後代」，在北歐男性的名字中是很普遍的，如果將兩個名字合在一起，意思就是「Jan 的後代」。楊歐洛夫說在他出生的年代，瑞典人都喜歡把兩個名字合在一起。

坐沒多久，楊歐洛夫說十點要和修士開會，要我暫時離開辦公室，等開會結束之後，他會再去叫我，我喝完咖啡，人回到了方才的鐵皮屋下。

我一步、一步，慢慢地走進鐵皮屋的深處。我深信這裡是個棺材工廠，那個長條狀的白色木櫃最有嫌疑，還有一旁黑色的切割機，明明是為了「量身訂做」。

「那些木櫃其實是用來裝鮮花用。」楊歐洛夫跟我解釋，難怪墓園裡面的花圃都如此整齊。

楊歐洛夫是墓園的管理者，他負責清理墓園的雜草，不時還會在每一個墓碑前面供上美麗的鮮花。

修士離開了，我回到楊歐洛夫的辦公室取暖，他手上正拿著一支比手掌還大的鑰匙，我很好奇地借來看看。這支沉甸甸的鑰匙，不知道要鎖住多沈重的門，而沈重的門又要鎖住什麼？

我正謹慎地將鑰匙平放在桌上，楊歐洛夫趕緊喊停，要我拿好鑰匙，我趕緊將鑰匙緊握在手。

原來鑰匙不能放在桌上是瑞典人的重要禁忌。

畢竟是守墓人，楊歐洛夫必須遵守這些禁忌，更何況是教堂鑰匙，萬一不小心解除了什麼封印，導致了百鬼夜行或是神魔禍世，我這個外國人要負上一切責任。

此外，楊歐洛夫還提醒我：瑞典人不走斜梯下方，看見黑貓穿過馬路，要大聲「呸！」三下，表示驅散厄運。為了入境隨俗，這個禁忌一直在我心裡不斷複誦，未來在路上，至少能不壞了規矩。

報紙上的氣象預測真準，一整天的烏雲竟然在下午散開了，楊歐洛夫送我回到鐵皮屋下，臨走前，他要我五年、十年以後寫信給他，告訴他我的成長。

我答應他，並擁抱著這位救命恩人。

「我今天要趕路啦！」我說。

楊歐洛夫回應我：「對呀！你要到卡雷蘇安多（Karesuando，這趟旅程的終點）呢！」我們相視大笑。

這一支巨大的鑰匙不知道要鎖住什麼。

瑞典的氣象預報好準，幾天以來晦暗不明的天空在下午透出了一絲蔚藍。

25 深山裡的臺灣錦旗

走在高速公路上真是煎熬，但這是唯一的路。

高速公路穿過城鎮不是很危險嗎？萬一有小孩子不小心跑到馬路上，悲劇不就發生了？當地人告訴我的答案是：一點也不會。

原來村莊與城鎮之間相隔遙遠，許多村莊裡頭是沒有商店的，因此必須定期出門，而出門最好的辦法就是開車。高速公路直接穿過城鎮，反而是個便利。對於行人，瑞典的駕駛們一向都得禮讓三分。

只有像我這般荒唐的單車騎士，才會苦惱高速公路的危險。

傍晚又要在一個山中小村落腳了。這個小村莊更小，茂密的樹叢幾乎將許多民宅隱藏起來。

我沒看到墓園，就算有，今天也不想再睡那裡了。

傍晚又來到一個不知名的山中小鎮。

這裡倒是有一座足球場。

足球場一定是私人土地，瑞典的法律裡頭，公有林地可以任意的紮營，但是私人的土地是嚴格禁止的。只是晚上十點多，小村莊的人應該早已入睡，四下安靜得很，此刻的足球場應該是一片「開放」的空間。

只見菜籃車悄悄地走進草皮，中場、後場、球門……草皮又平又軟，我的心中滿懷竊喜：除了墓園之外，這裡大概是最好的露營地點了。

又是一個早晨，在蟲鳴鳥叫的晴空下，一個旅行者揉著他惺忪的眼。

又該上路了，旅行者的晨間運動就是收拾自己的行囊。

突然一陣雜音，「茲茲茲茲……」由遠漸近。

原來是割草機的聲音。一個身形矮小，腹部微凸的老人家正推著一台割草機，往這座球場走來。旅行者這麼醒目地在球門旁邊搭起帳棚，想必老早就被發現了。

老人家似乎聽見了旅行者的暗忖，推著割草機向他走來，「茲茲茲茲……」機器的聲音越來越

在足球場的草地跟墓園不相上下
但是睡起來安心得多。」

近，腳步聲也越來越近，旅行者的心跳聲也越來越響，空曠的球場上，哪裡也躲不了，旅行者的雙腳像被釘住一樣，想逃脫卻又動彈不得。

二十公尺、十公尺、五公尺，大叔最後乾脆把機器停下，跑到旅行者面前。

「早安！昨晚睡得好嗎？」大叔給了旅行者一個熱情的問候。

這位大叔叫做亞當（Adam），是足球場的管理人，同時是史瓊斯布魯克（Strömsbruk）足球隊的教練。史瓊斯布魯克，正是這個小村莊的名字。

亞當帶著旅行者來到販賣部，喝咖啡、吃漢堡，就連球員盥洗室都大方地讓旅行者使用。看著蓮蓬頭，旅行者彷彿看到久違的故人。從烏普薩拉到這裡，沒有洗過一次澡，不知道泡了多少雨，流了多少汗，臭臭黏黏地走了幾百公里，才明白這是旅人身上的氣息。

沐浴之後在陽光下慢慢烘乾，格外舒服。

「你叫什麼名……名字？」亞當很努力地講了一句夾雜一堆瑞典字的英文，旅行者用瑞典話的自我介紹，亞當感到很驚喜。

在旅途中說當地的語言一直是旅行者的準則，在瑞典卻有了例外，因為瑞典人的英文都很好，就連阿公阿嬤都能用英語溝通，旅行者好不容易說出幾句瑞典話，隨後英文就忍不住脫口而出了。反而在這荒山野嶺之間，講英文不一定通，瑞典話顯得親切。

亞當給了旅行者一件史瓊斯布魯克球隊的球衣，旅行者彷彿成了新進球員，編號二號。瑞典的大小城鄉都有足球隊，而史瓊斯布魯克的這隻球隊成立於一九一七年，感覺歷史悠久，不知戰績如何？

為了讓新進的球員了解球隊的輝煌歷史，亞當帶著旅行者走進隊史室，只見裡面滿滿的獎杯與錦旗，不發一語的光輝比什麼宣示都還響亮：我們是一隻常勝軍！

滿滿的獎杯和錦旗，不知有多少輝煌的過往。

熱情的亞當教練原來是要請我喝咖啡。

來自台南的北門高中，曾經與這個小村莊的足球代表隊在哥登堡有一場精采的比賽。

二號球員懷著滿心的崇拜在眾多獎杯錦旗之中巡禮，突然一面淺綠色的錦旗像是一道強勁的電流串過二號球員的全身。那一面錦旗上面，印著和旅行者左肩上一樣的青天白日滿地紅。是中華民國的國旗。

國旗下面寫著幾個正體的中文字：臺灣省立北門高級中學足球隊。

「哈囉！哈囉？」亞當看著入定的旅行者，不斷叫喚。旅行者興奮地指指牆上的錦旗，又指指左肩，告訴亞當說：「你看，這是我們國家的國旗，我從那個國家來的！」

原來多年以前，來自臺灣的北門高中足球隊，來到瑞典西岸的哥登堡，和史瓊斯布魯克球隊交手過。事隔多年，當初的勝負早已遺忘，只記得彼此用錦旗紀念著，這段獨特的友誼。

「福爾摩沙！」，這是臺灣留給亞當的美麗印象。

亞當教練給了我球衣，編號 2 號，我可能是史瓊斯布魯克隊史上第一個亞洲球員。

26 泡菜伯的養生術

剛走進松茲瓦爾，一切的景色都讓給了天空與海洋。有了寬廣的天空，侷促的城市便顯得雍容；有了遼闊的海岸，羅列的房子便顯得大度。

松茲瓦爾原本是木造的，兩百多年來在戰火和意外之中毀掉了四次，最後一次重建的時候，大家一致同意：改用石頭建築。於是，松茲瓦爾有了「石頭城（Stenstaden）」的稱號。石頭城保存良好，如今市中心的建築，仍是原汁原味的十九世紀。

我來到市中心，不只是瞻仰石頭城，還要來拜訪一位臺灣華僑蔡老伯。目前蔡老伯的中國飯店，由女兒蔡大姐和她的妹妹一起經營。

他們的飯店開在二樓，外頭的中文招牌是用草書寫的字樣，很有書法藝術的風味，但也因為太藝術了，眺望了許久，我還是看不太懂飯店的名字，暫訂的猜想是：煙花酒樓。

有些忐忑地走進門，樓梯上面傳來優美的國樂聲，頗有揚州茶館的熱鬧。走上二樓，只見四處懸著古典的燈籠，一張大紅地毯把整個餐廳都暖了起來，這是我見過規模最大，裝飾最有中國

明苑酒樓在松茲瓦爾的市中心已經開了三十年了，是有口皆碑的中國餐館。

風味的飯店——歡迎來到明苑酒樓。

明苑酒樓已經三十二年了，整個松茲瓦爾的居民都知道，只要講起中國菜，這裡，是大家最熟悉的味道；老闆娘的手工餃子、去骨咖哩，是大家對中國菜的記憶。

我在斯德哥爾摩的時候，每個老華僑都跟我講蔡老伯的故事，林會長提他，劉伯伯提他，謝阿姨也提他。九二一地震、八八水災，每次臺灣有什麼災難，蔡老伯的捐款從來都不落人後，數十年來始終如一。華僑們想要表揚一下蔡老伯，蔡老伯卻從不露面，不少老朋友都已經十幾二十年沒見過蔡老伯了，只知道他安居在松茲瓦爾。

「神采奕奕的凍齡大叔」是我見到蔡老伯的第一印象，他今年已經八十幾歲了，外表看上去大約只有六十歲上下。

蔡老伯是廣東人，他從小沒有父母，十九歲的時候跳上開往臺灣的船，和國民政府的軍隊一起到了臺灣。來到這個陌生的小島上，他既不會講國語，又不會講臺語，為了養活自己，他只好去餐廳打雜，當人家的「作手」。

大家都知道飯店裡的「小蔡」很勤快，有什麼事情，就跟小蔡說：「小蔡，去！去幫忙弄。」尤其是帳收不回來，小蔡總有辦法。

小蔡沒念過什麼書，但他知道英文重要，把掙到的錢都省下來拿去買空中英語教室的錄音帶，每天回家就是聽空中英語。

一九六〇年代，在臺北中山樓的對面有一間餐廳叫山西館，老闆以前是閻錫山的廚師，這裡出了很多優秀的廚師，大部分的人都到國外去發展了，可是小蔡都三十幾歲了，還在幫人家當作手。

這天，同事從外頭拿了張紙進來，大家議論紛紛，原來是瑞典那邊的中國餐廳要人，大家都興奮地做起海外夢。「小蔡，你去不去？」同事問他。小蔡心想：這麼大年紀還沒出過國，人家讀過書的，隨隨便便都能到國外去考察，難得有機會可以到國外闖蕩一番，幹嘛不去？

「我去！當然去！」小蔡義無反顧。

大女兒才四歲，兒子才九個月大，小蔡卻要跟著同事們到遙遠的國度去打工。小蔡的妻子很心疼，但是深知小蔡個性的她，還是讓丈夫去了。

一九六七年，小蔡正拖著自己的行李，走在斯德哥爾摩的大街上，他跟自己約定：就做四年，四年就要回臺灣去。

為了多掙點錢，白天小蔡在餐廳炒菜，晚上還到處給人洗碗。朋友們下了班找他去看電影，都給他婉拒了。

隨著時間越來越近，小蔡也準備踏上回家的路。

第四年的秋天，國際上發生了一件大事：中華民國退出聯合國。這件事情在臺灣掀起了移民潮，在海外則掀起了定居潮。

當年蔡老伯跳上船去了臺灣，原以為會從此就在臺灣落腳，沒想到如今卻在瑞典成了華僑。

一生飄泊，還不能豁達嗎？

離開斯德哥爾摩以後，蔡老伯和朋友跑到中部的耶夫勒開中國飯店。來的時候是天

是「煙花」酒樓還是「明苑」酒樓？

寒地凍的冬天，還沒租到房子，夫妻倆只能睡在餐廳樓下的塑膠地板上。

過幾年，朋友要拆夥，蔡老伯很看得開，拿了錢，又帶著家人到了更北邊的松茲瓦爾。

從斯德哥爾摩到耶夫勒，從耶夫勒到松茲瓦爾，他開過許多飯店，不變的是豁達與勤奮。

能讓的就讓給人家，蔡老伯給自己讓出了一片天空。

幾十年後，那個當初在餐廳幫人打雜的小弟，成為了七家中國飯店的股東，瑞典的幾個大城市、旅遊勝地，都有他的飯店。財富從來不讓他引以為傲，老伯沾沾自喜的，反而是自在的心情。活到八十歲，談

蔡老伯今年八十幾歲了，蔡大嫂也七十好幾了，兩個人看起來有著「超齡」的年輕。

笑之間沒有任何煩惱。人生如此，何嘗不是一種成就？

如今蔡老伯老早就把飯店交給了蔡大姐和蔡二姐，一年到頭幾乎不曾來過飯店，自己跑去雲遊四海。

因為我的拜訪，蔡老伯今年才第一次來到明苑酒樓，「不是老朋友來，我是不來這裡的。」蔡老伯呵呵地笑著。

27 松茲瓦爾的幸福時光

明苑酒樓本來只開到上個星期，大家就要回臺灣去度假了，碰巧有個美國來的樂團到松茲瓦爾表演，這個樂團吸引了不少市民的目光，蔡大姊也就因此多開了一週，剛好讓我千里迢迢地遇上了。

這幾天，蔡大姊見了面總問我：「你有沒有缺什麼阿？我開車載你去，很方便的。」從耶夫勒到這裡，我發現自己真的需要添購一點東西，尤其是防蚊液，未來到了北方的森林，不知道還要對抗多少兇猛的蚊子大軍。

我們跑了許多店，找齊了東西。要結帳的時候，我還在找 VISA 卡，蔡大姊已經俐落地掏出一張信用卡，幫我付了帳。「大姊，我自己有帶錢，這樣會不好意思啦！」大姊笑著說：「拜託，我兒子買衣服的時候都幾千幾千的刷，你這一點點東西，讓大姊幫你付了吧！」

我猜大姊是故意誇大她兒子的買衣錢，好讓我心安。

有一個愛好自由的老爸，蔡大姊個性裡，也有著一份豪爽。我初次與蔡大姊聯繫的時候，她二話不說就歡迎我到松茲瓦爾，還幫我把蔡老伯請來。

蔡家三姊弟從小就跟著蔡老伯打拚，生意正好的時候，客人多到排隊排到樓下去，冬天光是幫客人掛衣服，就能賺不少外快。每天晚上，大姊和二姊用大箱子把餐巾墊拿回家洗，公寓的兩間洗衣房都被訂下來，四台機器同時洗。洗好了，弟弟拿去曬，大姊和二姊再負責燙平，一條餐巾賺五毛瑞典錢。

沉甸甸的熱鐵盤，是早期中國餐館用來暖菜的道具，如今的中國餐館都不再使用了，明苑酒樓卻延續了這個傳統。

長大以後，蔡大姊和蔡二姊接手了蔡老伯的事業，經營著明苑酒樓，在瑞典華僑的第二代裡面，是很少見的。華僑第二代大多跟著父母辛苦過，不希望再像父母一樣這麼辛苦，都找了其他的工作。也因此，臺灣華僑創立的中國飯店，最後都賣給了新來的大陸移民。

蔡家人很不一樣，因為一起苦過，明苑酒樓成了蔡家人的第二個家，這裡不只有心血，更多的是一家人的回憶。

明苑酒樓的一面鏡子後頭有個貴賓室，是蔡老伯用來招待貴賓用的，一般不開放。我很榮幸地可以坐在裡面整理旅行的筆記，二姊一會兒端來蔡大嫂包的餃子，大姊一會兒又跑進來給我一碗蛋花湯，讓我受寵若驚。

「你好好寫，外面現在客人多，你要不方便出去的話，」大姊拉開了另一面牆，「這裡有廁所。」

打烊之後餐館自由多了，我在餐館裡到處亂走，二姊招呼我吃西瓜。我拿著放西瓜的盤子到廚房洗，蔡大嫂神祕地打開冰箱，拿出了兩盒外帶餐盒：「阿姨給你滷了雞爪和滷蛋，你帶在路上吃，一個人在路上，吃東西很不方便。」

除了回到家，不知道有什麼能夠比擬此刻的溫暖。

如果我不是回家而是旅行，那麼，我便是在旅行的路途上，遇見了遠方的家人。

要離別了，手中的餐盒讓我感動得眼眶都濕了，大姊要我別哭，既然來到松茲瓦爾是一段歡喜的記憶，那就應該用微笑面對離別。

用微笑面對離別，是他們送給我的最後一份禮物，今夜的松茲瓦爾，不管是太陽還是月亮，都是微笑的。

豪邁又豁達的蔡大姊，給了我許多感動與啟發。

28 可愛一家

謝叔叔的侄子 Michael 住在索萊夫特奧，我拜別蔡伯伯一家之後，翻過了幾座山頭，來到這個山間小鎮。

Michael 是個廚師，在索萊夫特奧的一間中國餐廳打工，跟老闆住在一起，我來找他，也就來到了老闆家。

剛走進門，老闆和老闆娘背對背地坐著，各自專注地玩著電腦。老闆上半身打著赤膊，留著一頭飄逸的長髮，背影看過去頗有霸氣，我趕緊先拜個碼頭。

老闆也是印度的客家華僑，看起來年紀很輕，我尊敬地叫他一聲「鍾哥」。

鍾哥的中文比 Michael 好很多，他正一邊聽著黃品源的〈小薇〉，一邊消遣 Michael：「我最愛看臺灣的綜藝節目了，我愛聽你們臺灣的流行歌，那個 Michael 就不愛聽，中文爛死啦！」

和許多印度華僑一樣，鍾哥、Michael 都被親戚給帶到瑞典工作。到海外發財，似乎比起在印

鍾哥的中國餐館裝飾得特別精緻。

度老家來得有願景，有目標，看著海外歸來的親戚一次比一次闊氣，在家鄉的年輕人們，對海外都充滿美好的想像。

在姊夫的遊說下，鍾哥決定來瑞典替姊夫打工。人才剛來，姊夫已經說了不知道多少次：「要不是我，你哪裡能來瑞典賺錢？一切聽我的。」住房間要繳房租，請姊夫辦工作簽證要付車馬費，做什麼事情都講究雇主與勞工關係。

鍾哥結婚了，帶著妻子，姊夫要加收錢。「多一張嘴要吃飯，哪裡不用錢？」幾次鍾哥受到不合理的要求，跟姊夫吵架，姊夫最愛搬出：「他奶奶的，要不是有我，你哪有今天啊？敢跟我吵？」這些話說出來，鍾哥也只能忍氣吞聲。

相形之下，臺灣華僑講義氣，重情義，彼此雖然沒有親戚關係，卻過得像個大家庭一樣。當年在哥登堡一起打拚的日子，成了大家日後互相照應的情感基礎。

幾年過去，姊夫賺了好些錢，要離開索萊夫特奧了。直到臨走前，姊夫仍自認自己對待這個弟弟不薄。「要不是我，你哪有今天啊？好好地幹，別倒了啊！」

鍾哥買下了姊夫的店，連公寓也包下了，姊夫走了以後，夢想才真正開始。

隔天早上，我來到鍾哥的店裡。鄉下地方的查驗工作比較寬鬆，我大大方方地進出廚房，不像在城市那般彆扭。

「我小的時候在學校，同學的糖果掉在地上，這麼浪費，我趕快跑去撿來吃，當作沒人看到。」偏偏有個同學看到了，就喊著：「窮鬼在吃地上的糖果啊！」大家圍起來對鍾哥又踢又打。「他奶奶的！」鍾哥講得義憤填膺，每到激動的橋段，「他奶奶的」就收不住口。

「因為我自己經歷過這些，所以我絕對不會讓我的女兒再過跟我一樣的童年。對不對，小乖？」鍾哥一邊炒菜，一邊探頭問女兒。小乖正在一旁玩著玩具，完全沒聽見老爸的語重心長。「算了，她還那麼小，聽不懂。」

談起理想，Michael 這麼告訴我：「開個小店，也不需要賺太多錢，過得開開心心的就好。」

大廚 Michael 的義式窯燒比薩。

中午時分，客人源源不絕地進來，鍾大哥、鍾大嫂和 Michael 三人進進出出，忙得不可開交，小乖一個人坐在後台的小椅子上看卡通。

不知道爸爸媽媽和叔叔為什麼這麼忙，小乖一個人悶悶地坐在那，桌子上有媽媽放的餅乾和糖果，可是沒有人陪她吃，她也不想吃。

「小乖，哥哥陪你玩好不好？」我試著問問小乖，小孩子剛開始總是很害羞，過一陣子就跟你玩得不可開交。我們玩丟球，小乖一會兒就又叫又跳的，停不下來。

餐廳裡忙起來，真的是六親不認，鍾哥和 Michael 一直弄到下午兩點，兩人才有時間關上爐火，坐下來吃口飯。鄉下地方，客人來的時間很固定，時間到了，就清閒了。

我堅持和鍾哥他們同個時間吃午餐。午餐是一大鍋白麵線糊，Michael 從冰箱拿出來，撈了幾碗，用微波爐微波一下，大家就吃了。白麵線糊本身沒什麼味道，大家加了點醬油，簡單的鹹味就滿足了。我品嚐到一種熟悉的味道，去年秋天，我同樣陪著一位哥登堡的華僑工作到晚上，當時他吃的白飯配醬瓜，也是這個簡單的鹹味吧！

我正低頭沉思，小乖卻興奮地指著我說：「黑黑哥哥剛剛陪我玩！」一開心，竟把裝汽水的玻璃杯給打破了。大家手忙腳亂，趕緊找來垃圾桶和抹布清理，小乖知道自己闖禍了，滿臉恐懼地張望，不知如何是好。鍾大嫂表情嚴厲，但是並沒有罵小乖，反而問：「妳知不知道自己做錯事情？」小乖點點頭。鍾大嫂又問：「做錯事情要說什麼？」小乖低下頭，緩緩地說出：「要說Sorry。」鍾大嫂放下嚴肅的面孔，「妳打破一個玻璃杯，爸爸就要去買一個玻璃杯，買一個玻璃杯要花錢錢，妳有錢錢嗎？」「沒有……」「那妳以後該怎麼辦？」「要小心。」「好，那妳要答應媽媽。」

愛玩卻找不到玩伴的小乖，黑黑哥哥的到來帶給了她不少歡樂。

事情就這樣平安地落幕了。沒有處罰，也沒有責備，這樣的家教令人羨慕。

飯店打烊以後，大家回去換了好看的衣服，帶著我往大街上走。下了一整天的雨，太陽在傍晚才露臉，整條街瞬間變成了光芒萬丈的黃金城。

我們走進一家西餐店，「晚上 Michael 叔叔要請客！」戴上仙女頭環的小乖說溜了嘴。

頂下姊夫的店面以後，鍾哥（左一）一心一意地經營著自己的店面，要給家人過幸福的日子。

29 滇緬大逃亡

離開索萊夫特奧已經兩天了，在路上還是惦記著 Michael 和鍾哥。昨晚我找到營地之後就給 Michael 打電話，Michael 說沒兩句，鍾哥就把電話搶了過來。「喂～你現在還活著嗎？晚上我叫你起床尿尿啊！」跟他老兄講話，少不了又是一陣哈啦。

最後我語氣一轉，說：「我很想你們，幫我跟大嫂和小乖問聲好。」「好啦！我知道。」其實我們彼此都在等著這段最後的對白。

今天山裡起了大霧，腳下是溼漉漉的泥土，車子騎不了，只能乖乖地牽著。我又一次不小心離開了人間，迷迷茫茫的，看不見自己身在何方。說不定前方有座奈何橋，有個講瑞典話的老阿婆問我要不要喝湯。

上一站是索萊夫特奧，下一站是于默奧，瑞典北部的沿海城鎮，名字尾巴都有一個「奧」字，敏行叔告訴過我：瑞典文裡頭的「奧（å）」，表示河流。大部分河流流經的城市，都是這樣命名。同時，如果這個城市的名字尾巴有「奧」，表示一定有條河流過，而且河的名字通常就是城市名稱的前半部。

于默奧這座城，就坐落在于默奧河（Umea）上頭。煙雨濛濛之中，這座海城充滿典雅的美感。

于默奧城裡有間老字號的中國飯店，三十年來養著于默奧人的胃口，你隨便找個老人家，或是找個小朋友，問一下老字號的中國飯店，誰都能給你清楚地指路，因為大家都常去那裡吃中國菜。

這家中國飯店的老闆李叔是斯德哥爾摩謝叔叔的小學同學，同樣是印度華僑。李叔非常善於交際，他走到每一桌客人面前，客人總是歡天喜地地和他說話，不時豎起大拇指讚美這裡的中國菜有多好吃。

謝叔叔打了電話給李叔打聲招呼，李叔便慷慨地接待我了。

離開索萊夫特奧的時候，鍾哥和 Michael 在餐館門口送我，鍾哥拿了一罐橘子汽水給我，然後拭了拭濕潤的眼角。

李叔在臺灣讀過書。當時香蕉外銷日本，李叔從中國海專（現改名臺北海洋技術學院）畢業以後，就在香蕉貨船上幫忙修機器。對於一個喜歡和人群接觸的李叔來說，每天在海上看機器、看大海，這分工作讓他感覺快要窒息。

某天李叔的朋友找上門，問他「要不要去奧地利當跑堂？」，李叔迫不及待地辭掉了水手的工作。幾個月之後，他又跑到瑞典去，在北部的于默奧開了自己的飯店。一晃三十年，到了可以退休的年紀，李叔仍然三不五時到店裡跟老顧客們哈啦。

李叔謙虛地說自己沒什麼故事，反而講起了他父親的過往。

李爸是廣東梅縣的客家人，對日抗戰的時候在昆明讀運輸學校，在一次日軍的襲擊當中，被抓起來當了俘虜。

一九四二年，日軍在中緬邊境擊敗了中國遠征軍，占領了中國軍隊拚命趕建出來的滇緬公路。李爸是學運輸的，懂得開車，被日本人叫去開滇緬公路。

他們事先講好一起逃跑的那一天，和他一起出發的中國人一共有兩百人，開到中途，「快走！什麼也別帶！」「中國人逃跑了！快抓回來！」這一群中國人棄了車，逃進荒山野嶺之中。日軍擔心他們去通風報信，要追殺他們，這一群人沒有退路，只能一直往西逃。

「逃到印度吧！」只有在印度，才真正地安全。當時，印度是盟軍在遠東除了中國以外僅存的基地，整個東南亞都已在太陽旗覆蓋下。

但是印度到中國至少有一千公里，必須穿越整個緬甸，沿途上全是日本軍隊。這一群「亡命之徒」，死的死，散的散，抵達印度的時候，連李

煙雨迷濛的于默奧，有一種跳脱時間的美感。

爸在內只剩下八個人。

歷經了生死交關，李爸給自己起了新的名字，象徵人生的新開始，留在印度當報社的編輯。

民國五十四年，李爸在內的一批印度華僑首次組團到臺灣參加國父百年誕辰紀念，被蔣中正總統召見。老總統很高興，對這一群愛國的華僑撫慰有加。

對李叔這樣年紀的人，父親的往事早是過往雲煙，幾句陳述事實的話語已經足夠，但是對我來說，這段歷史絕對比我上過的任何歷史課都精采。歷史絕不只是課本上那些年代和事件的排列組合，歷史更應該是明查暗訪，從耆老的口中娓娓道來。

在大時代裡頭，這些小人物的故事算得了什麼呢？可是小人物的人生，反應了大時代的動盪，小人物的無奈，襯托了大時代的無情。從小人物身上拼湊出來的小歷史，才是有血有淚的。

可惜有一天，小人物會歸為塵土，血與淚也會被時間給湮沒。到那時候，我們就只能繼續埋首於教科書裡，看著冷冰冰的年表發楞。

我得快馬加鞭。

李叔在臺灣住了十年，對臺灣的事情如數家珍。

歷經生死交關的李父，帶著印度華僑們不遠千里來到臺灣慶祝國父百年誕辰，受到蔣中正總統親自接見。

行者的足跡

我們走過陌生的地方
遇見陌生的人
留下了熟悉的回憶
許下了重逢的約定

30 荒野上的驚雷

去年這個時候，我和一群夥伴正在中國青海，穿越廣大的可可西里無人區。我們每天按照計畫推進，翻崑崙山，過西大灘，順利地像是在遠足一樣，與其說是來挑戰，反倒像是在郊遊。

直到我們來到了風火山。

這裡的氣候變化是整個青藏公路上最為劇烈的，半個世紀以前，青藏公路的建造者在這裡築路，大隊的駱駝受不了烈日和冰雨的折騰，紛紛倒下。山谷，成了牠們的墳場。

我和兩個隊友打頭陣，午後，太陽悄悄地退居在白雲幕後，我們沒有看出端倪，還在勇猛地直攻山頭。半山腰上，一片烏雲遮住了我們的去路。僅存的陽光一旦消失，剎那間便是天昏地暗，四周傳來冷冰冰的寒氣，流沙般的冰雹從烏雲之中傾瀉，山底下橫生的山風，偷襲我們的側面。這股山風何其霸道，吹得我們無法動彈，使盡全身的力，只夠站穩腳步。

雷聲隆隆，下起了大雨，冰雹變成了一支支透骨的箭，我們像是被處決的囚犯一樣，遭到無情地射殺。撐不住山風和冰雨，我們把車子丟下，三個人連滾帶爬地聚在一塊取暖。

十分鐘過去，對於永恆的天地彷彿只是剎那，對我們而言卻是萬年的煎熬。如果這場雨要下一個小時，我們就要和這個世界道別了。

幸好，雇用的補給車在最後一刻趕了回來。

時空回到瑞典的當下，我正在于默奧（Umeå）的郊外，眼前與身後都是沒有盡頭的道路。

剛剛從李叔家離開不久，立刻就下起傾盆大雨。在城裡，我還有公車亭可以躲著，現在來到了山路上，兩旁的松葉林完全不能給我依靠。天空依舊暗沉沉的，等一下少不了雨中的倉皇逃難。

「嘩啦！」雨說下就下，山中頓時陷入白茫茫的一片。

找不到地方躲，我把自己和車子藏在一張塑膠布下面，整個人伏在車椅上，像是一隻抱頭的鱸。在空蕩蕩的荒野上，我的世界渺小到只剩下一張塑膠布的大小。柏油路面吸納不了瞬間的暴雨，路面湧出了一條又一條的溪流，把我的雙腳給淹沒了。

雨到底會下多久？我的腰有點痠，忍不住挪動一下。

風火山上烏雲飄過，滿地盡是霹靂的冰雹。

轟！一道巨雷劈下，在附近爆炸。剎那間，一切都靜默了，一顆溫熱的水珠從眼角滑落，被顫抖的喘息給吹斜了。轟！又一聲彷彿能貫穿、撕裂空間的力量，讓一切都靜止了。

亂風之中，我聽不到自己的聲音；慌雨之間，我看不見自己的身影。兩聲驚雷貫穿了脊背，擊中了我的靈魂，好似燒掉了什麼，那個叫做意志的樹根。

彷彿，又回到了一年以前，在風火山口的那場冰風暴。

許久，我四散的魂魄才漸漸回歸。雨，繼續下著。

我不怕打雷，但是荒野上的雷鳴，每一聲都像是要擊碎我偽裝的堅強，使我對孤獨的恐懼與害怕血淋淋地暴露出來。

其實從林雪平出發的那一天開始，我便時常感到挫折，騎車會累、肚子會餓、人，會寂寞。我自大地以為自己既然上得了青藏高原，肯定能在瑞典馳騁千里，直到一起冒險的隊友不在了，頂級的登山車不在了，我才發現自己：什麼也不是。

但這註定是一趟孤獨的旅程。當初我四處宣傳，想要為這趟旅程尋找熱血的夥伴，卻是乏人問津。年輕的心，怎麼願意拋下安逸的一切，用苦行來證明自己的青澀、自己的懵懂？

在城裡，還有公車亭可以躲著雨。

於是，我自己走上這條路。

每一次在荒野獨自面對天地的張牙舞爪，我都想回頭，多麼希望這都只是一場噩夢，我不知道夢的盡頭在哪，但我相信，風雨會過去，荒野，會通往溫馨的小鎮。

我虔心祈禱，祈禱自己有足夠的勇氣，堅持度過每一個放棄的念頭。

雨停了，一輛休旅車開到我附近。車子上走下來一家人，我剛好站直了身，不小心嚇到了他們。一位貌似是父親的大叔鼓起勇氣向我走來，告訴我：「先生，你要不要休息？前面有木屋，免費的。」（大叔指的是瑞典政府專門為了給露營或是冬季打獵的人設計，可以遮風避雨的野外木屋。）

怕等一下又下雨，我婉拒了大叔，趁雨停的時候趕緊啟程。

沒有想到，我竟然站在通往野外木屋的轉角上，站著躲了十分鐘的雨。要是這場雨晚個幾秒，也許今天就是悠閒地在木屋裡聽雨，而不是狼狽的在荒野上罰站。

但如果我真的走進了舒適的木屋，又哪來勇氣與堅持？

給獵人和旅行者遮風避雨的野外木屋。

31 仲夏劫

今天是仲夏節，瑞典人在這一天用狂歡慶祝永晝的美好。

早上的那場大雨恐怕讓瑞典人很掃興，但太陽在午後總算露出頭。這一天，瑞典大半地區的太陽都不會落下，大家必定玩個通宵達旦，我要是能早點到謝萊夫特奧（Skellefteå），說不定也能加入禮讚盛夏的行列。

在端午節酒會上認識的 Jenny 阿姨幫我介紹了一位住在謝萊夫特奧的瑞典大叔拉許（Lars），他是一間披薩店的老闆，還是個業餘記者。拉許對我很感興趣，想要採訪我，知道我要來謝萊夫特奧，他甚至大方的告訴 Jenny 阿姨說要招待我。

在一百公里的旅程之後，我最期盼的東西莫過於一頓熱乎乎的晚餐，想到可以到拉許那邊去吃披薩，心情格外愉快。

過去幾天穿著涼鞋騎車，我的左腳後跟痛得很厲害，綁住腳踝和腳底板的阿基里斯腱好像一條要繃斷的弦，這個傷在早上的大雨之後復發，我好像少了一隻腳一樣。

我想起了坦尚尼亞的馬拉松選手約翰·史蒂芬·阿赫瓦里（John Steohen Akhwari），他在一九六八年的奧運會比賽中摔傷，但仍然一拐一拐地堅持到了終點，比前面的選手慢了一個多小時。有人問他：「你為什麼要這麼堅持跑完全程？」他回答說：「我的國家從七千英哩（大約是臺北到美國西岸的距離）之外送我來墨西哥，不是讓我來參加起跑的，而是完成比賽，跑完全程。」我真慶幸自己之前去坦尚尼亞的時候讀過這位選手的故事，在荒郊野外沒有人會鼓勵我，我必須靠一些偉大的故事自我催眠。

剛爬上一座山丘，「唧～～唧～～」菜籃車的後頭突然發出怪聲。好像是後輪的煞車皮磨到輪胎，我停下來看了許久，看不出來有什麼問題，就繼續前進。

下了山丘，我繼續走在歐洲公路 E4，這條路是通往謝萊夫特奧的捷徑，路面只有兩線道，沒有路肩。路上的車子都是一百公里的時速起跳的，幸好瑞典的司機遇到我都會開到隔壁車道「超我的車」，偶爾有些從國外來的車子，才會對我兇狠地按喇叭。

車子又發出怪聲了，這次叫得很短，「唧～～碰！」像一隻蟋蟀誤踩到地雷，凌厲的怪聲最後在爆炸聲中歸於寂靜。

輪胎以炸裂的方式解體，車子立刻向後傾斜。我趕緊把車子拖到路旁的小溝裡補胎。

在高速公路上補胎，這是我開始修車以來，最緊張的一次。馬路上的車子像是一枚又一枚的飛彈，在我面前刮出一陣一陣刺痛的風。幸好過去一年在修車店的工作經驗，讓我表現出超水準的穩定，步驟一個都沒錯。補好胎，才發現外胎有個地方也破了洞，打飽後之後的內胎擠滿在破洞上，這是個很糟的情況，裸露的內胎隨時會被刺破。

但我沒有備用的外胎，只能賭一賭。才走不到一百公尺，輪胎又應聲而破，補胎已經沒有用，我決定硬騎。我想把內胎拔出，不但沒拔成，反而削掉右手無名指的一層皮，登時鮮血四濺。看見手中滿是污血，我有點慌了。

我打給拉許求救，電話那一頭人聲鼎沸，看來他今天生意不錯。他要我等一下再打，過了許久，Jenny 阿姨倒打來了。拉許說今天忙得很累，不想來載我。我請 Jenny 阿姨幫我拜託拉許一下：「我離謝萊夫特奧才十五公里，他只要開十分鐘就可以看到我了。」只要十分鐘，他就能拯救一個流落荒野的受難客，一個他想見的人。

拉許還是回家去了，原來他的家根本不在謝萊夫特奧，而是謝萊夫特奧北邊四十公里的地方。因此，他如果要來載我，來回必須開上一百公里的路，對於一個工作疲憊的人來講，這的確很為難。「那明天呢？明天早上方便嗎？」「不，還是太遠了。」拉許把我最後的希望給抹滅了。

我豎起大拇指，試著想搭個便車。路面太窄，往來的車輛太快，沒有一台車子敢停下來。

此刻除了往前走，還有什麼其他的辦法呢？我只能在幾公分寬的路邊推著車，食物早就吃完了，水也剩得不多。我的左腳後跟每往前進一步，撕裂的痛苦就發作一次。滿頭的汗水，我感受到我的意識一點一滴的流逝。

晚上十一點了，四周的溫度早已降低，荒野上滿是出來狩獵的蚊子。即便我身上噴了濃濃的防蚊液，汗水讓防蚊液的功能大打折扣，推著車的速度，對蚊子而言跟靜止差不多。於是牠們彷彿捏住了自己的鼻子，冒著失控墜機的風險，硬是朝我身上做俯衝式的「著陸」，牠們大多成功了，嘴上的吸管隨地一插，像幫浦般地暢飲滾燙的熱血。

一邊推著車，還要一邊打蚊子，一邊抓癢，如果不是那別無退路的警覺，我想我已經累倒了。

走不了，走不動，卻不能不走，除了往前，究竟還有什麼別的辦法？

我突然想起斯德哥爾摩有個大嬸告訴過我，她在謝萊夫特奧有個十多年沒聯繫了的老朋友，我立刻打電話回去給這位大嬸。

大嬸很好心，趕緊打給了這位朋友。

這位姓胡的華僑大嬸很快地打了電話給我。很不巧，胡嬸剛好在斯德哥爾摩探望兒子，人不在謝萊夫特奧。幸運的是：她的姪兒和姪女都在，她已經叫他們來載我。

再過不久，胡嬸的姪女打電話來，她說今天是仲夏節，他們要去狂歡一下才能去載我，問我能不能等他們一個小時。他們讓我的心燃起了一絲希望，只要他們願意來接我，就算等到明天也願意。

路旁有一片空地，我用僅存的體力搭起帳棚，地板很冷，身上的充氣保暖衣也不保暖了，我仍然倒在裡頭睡著了。

不知道什麼時候，電話再度響起。是胡嬸的姪兒和姪女來了，我跛著左腳衝到馬路上，拿出車前燈打閃光，他們剛好從我面前開過。車上走下了四個人，迅速地幫我把所有東西放進車裡，離開了無盡的高速公路。

胡嬸的姪兒姪女剛離開舞廳，順便帶著朋友一起來載我。我問了他們的名字，聽到姪兒叫做金久、姪女叫做逢月之後，人就昏過去了。

美好的仲夏節，遇上意外的仲夏劫。

在狹窄的歐洲公路 E4 上，沒有車能停下，也沒有車敢停下。

32 來自臺灣的間諜

門外傳來馬桶的沖水聲，應該是嚴叔起床了。我張開眼，在這個沒有窗戶的地下倉庫，時間絲毫沒有存在感。

昨晚我被胡嬸的姪兒搭救以後，他們送我到他們餐館的地下室，讓我在餐館裡洗了澡，還煮了泡麵給我吃，一切都安頓好的時候，已經快凌晨三點了。

這個地下倉庫是胡嬸他們用來堆放雜物的地方，空氣中有些霉味，隔壁的小房間是嚴叔的宿舍。嚴叔是印度來的客家人，是餐館裡的廚師之一。他會講英文和客家話，卻不會說國語，他的英文頗有印度口音，我常聽不懂，只好試著用一些客家話跟他溝通，神奇的是，我的客家話竟然能派上用場。

嚴叔看我醒了，問我要不要洗衣服，教會我用洗衣機之後，他便上樓工作去了。

我一拐一拐地爬上樓梯，來到胡嬸的中國餐館。胡嬸的外甥女逢月正在櫃檯，她會說一些國語，比起嚴叔親切多了。她告訴我胡嬸傍晚會來店裡，我就待在店裡等她來。

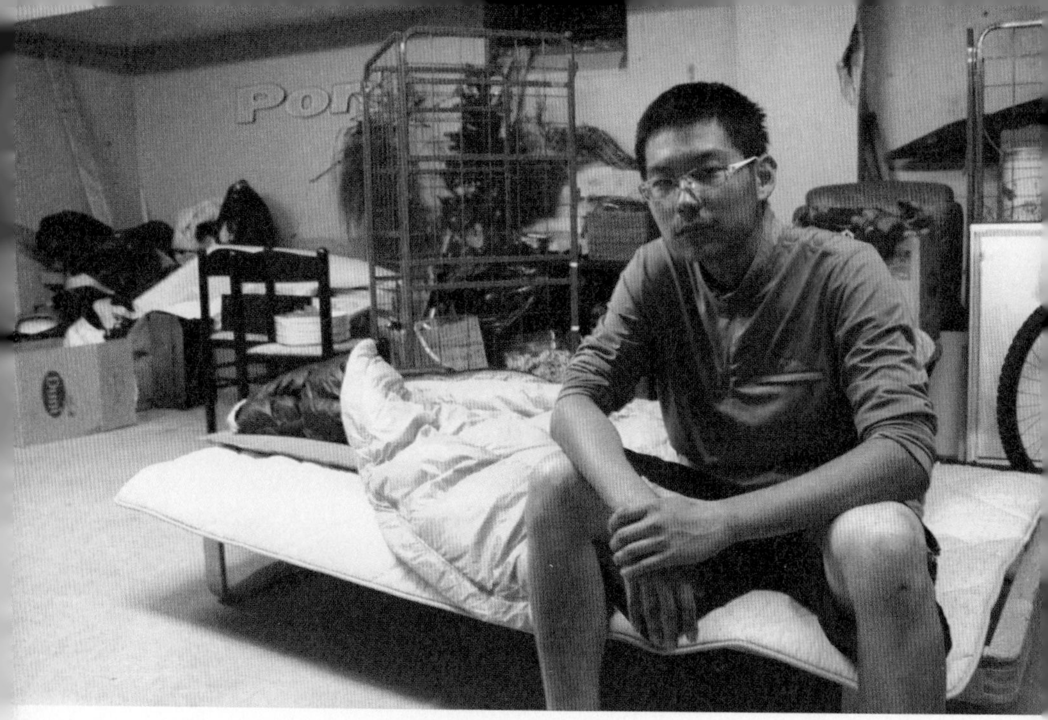

昨晚的惡夢似乎尚未離去，此刻仍心有餘悸。

在急難時刻，這樣一間大倉庫是再好不過了。

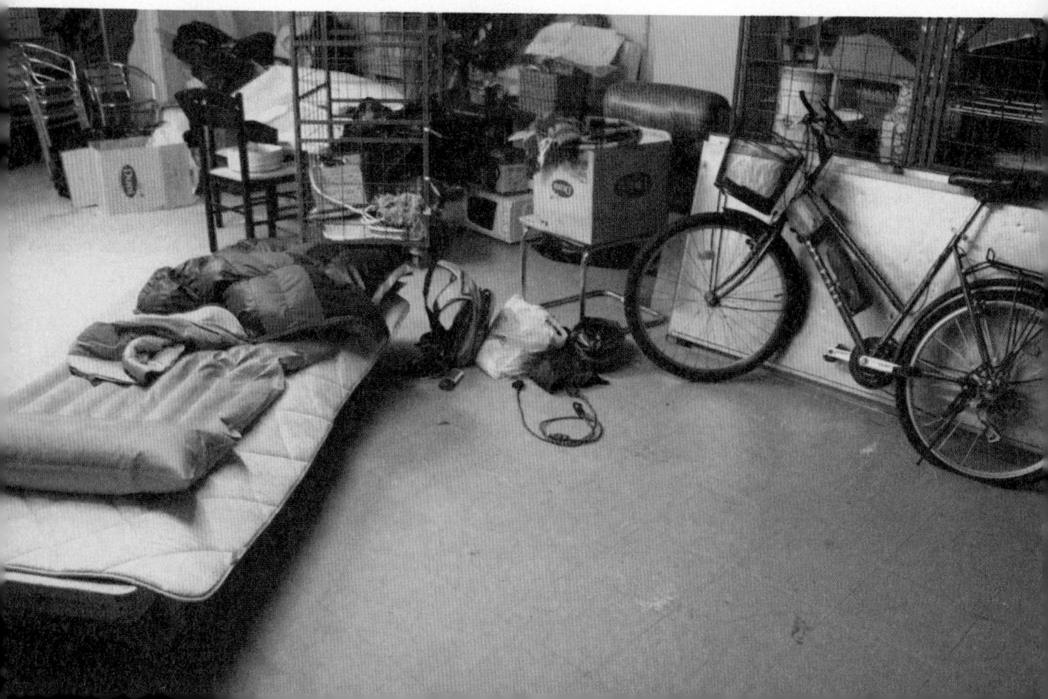

今天是星期天，市區有一堆店都關門，包括腳踏車行。我的左腳後跟傷勢很嚴重，沒辦法走遠路，連日來的旅行讓我此刻難以安坐在椅子上，但又去不了別的地方，往來的人們看起來自由自在，好生羨慕。

好不容易挨到傍晚，胡嬸終於來了。如果不是胡嬸，此刻不知道我會在哪裡，是她深夜幫我聯繫外甥，我才從荒郊野外脫險。一見到她，我的心情滿是感激。

胡嬸邀請我今晚到她家作客，他們家是一棟華麗的別墅。踏進門，逢月和金久一起喊了聲「阿Q～」（客家話的姑丈），我也入境隨俗地喊著，阿Q坐在客廳的沙發上看電視，聲音沙啞地回應著。

阿Q有支氣管方面的毛病，說話不僅聲音沙啞，還時常有痰。他坐在椅子上歡迎我，逢月迅速拿了一盤剛切好的西瓜放在阿Q面前。

阿Q跟胡嬸都是印度的客家人，在七〇年代被姊夫帶來瑞典當跑堂，他們兩夫妻也從哥登堡發跡。因為當時的同事和往來的朋友都是臺灣華僑，他們開始學講國語。

阿Q告訴我，在印度的客家村，老師是用客家話來教中國字的，因此大部分的人才會像嚴叔一樣，會講客家話而不會講國語。

阿Q聽說我要採訪華僑，他便把自己的豐富經歷滔滔不絕地講個不停，胡嬸一家人裡頭，他大概是最熱情的一個。

逢月從廚房端出香噴噴的牛柳飯，放到阿Q面前，阿Q一邊吃飯，一邊把他剛吃過的西瓜盤推給我，「來，吃西瓜。」

從剛才逢月端西瓜的舉動裡，我猜想這盤西瓜應該不是給我吃的。如果要招待客人的話，西瓜盤應該放在主人和客人中間，甚至是靠近客人一點，放在主人面前的意味相當清楚：這是給主人的。直到阿Q叫我吃西瓜，我心裡慶幸自己沒有壞了這裡的規矩。這讓我意識到阿Q是很具權威的一家之主，沒有阿Q允許的事情，是絕對不能碰的。

金久叫我到廚房去吃飯，我們的晚餐是餐廳的剩菜。

阿Q只吃了幾口就飽了，抓著我繼續講他當年如何從印度穿越阿富汗、伊朗，到南斯拉夫去，最後到瑞典的故事。

受到阿Q的熱情回應，我也想和金久好好聊聊他們新生代華僑的故事。

隔天，我修好車子之後，跑去餐館找金久。他和逢月都是阿Q從印度聘來的，因為是很近的親戚，他們才住在阿Q家。金久一句話也不想多講，我只好離開。

我彷彿是打擾到了什麼，又好像撞見了什麼。

今晚所有人都沉默了。金久和逢月本來就不搭理我，胡嬸也不搭理我，連昨晚滔滔不絕的阿Q，似乎都在勉強自己看電視，不跟我說話。我也靜靜地坐在客廳陪阿Q看電視。

逢月依舊端了一大盤阿Q不可能吃完的水果，我們的晚餐是昨天阿Q和胡嬸吃剩的牛柳飯。吃完以後，金久把剩下的飯菜又裝回幾個便當盒裡。

隔天早晨，我才從客房走出，剛好遇見胡嬸。「早安！胡嬸。」只見胡嬸的神色有些怪異，連早安都不講，就直接講起了我。「你今晚不能睡在這裡了喔，因為二樓的馬桶壞了，要修理。」馬桶壞了跟我能不能住有什麼關係？我忍不住問胡嬸：「是哪裡壞了呢？昨晚我用的時候還好好的。」胡嬸聽了，驚訝地頓了一下，才說：「就要修理一下。」

一路上超重還能走到這裡已經是個奇蹟，在荒野上爆裂的輪胎，頗有馬革裹屍的光榮。

這下我才恍然大悟，趕緊猛點頭，裝出一副事態嚴重的樣子，彷彿二樓浴室的馬桶隨時會爆炸，把客房給淹沒一樣。胡嬸看到我認真的表情，知道我了解她的意思，滿意地走了。

而我則走進了二樓的浴室。

我本來就打算明天離開，因此今晚要回嚴叔那邊去，只是胡嬸的這張逐客令來得好巧。

昨晚大家的沉默和今早胡嬸的逐客令似乎有所關連，我一時卻說不上究竟是怎麼回事。但我很確定：從某個時刻開始，我已成為不速之客。

胡嬸一家人開始讓我充滿不安。

這幾天我幾乎都待在外頭，只因為餐館裡的氛圍一直很詭異，從我認識逢月和金久的時候，他們就不喜歡跟我講話，我一個人在餐館裡待著很突兀。我也不想回餐館裡吃飯，他們讓我覺得自己好像是來乞討的，我寧願忍著腳痛到附近速食店去，坐在那裡，自在得多。

今天一整天我依舊待在外面，傍晚回來，胡嬸正在算帳，我基於禮貌地跟她道別。「喔，你要走啦？不好意思招待不周啊！」胡嬸笑得好開心，笑得莫名其妙。她撇過頭去忙的時候，嘴角立刻墜落，看著她的背影，令人感到一絲恐懼。

跟逢月和金久道別時，逢月把我叫到一旁，面色凝重地告訴我：「有一件事情你必須記得，你回去以後，在這裡發生的一切，包括我們，都不可以寫在你的書裡面，否則我們可以告你的出版社。」這充滿恫嚇的提醒有些怪異，卻又不怎麼意外。

我面帶微笑，連連跟逢月掛保證。

事情越來越莫名其妙，送走了胡嬸之後，我趕緊回到地下倉庫找嚴叔，想弄清楚發生了什麼事。

嚴叔今天也變得很奇怪。

不知道發生了什麼事情，嚴叔一臉不爽的樣子，劈頭就問了個奇怪的問題：「你難道不知道在這裡有洗衣機嗎？為什麼不在這邊洗衣服？胡嬸早上質問我，是不是沒告訴你洗衣機在哪？」

我一臉茫然，我當然知道嚴叔的房間旁邊有個洗衣機，但是胡嬸為什麼要因此責備嚴叔？

嚴叔看我茫然的樣子，以為我沒聽懂他說的話，他氣急敗壞地大聲吼著：「洗衣機！你懂嗎？洗衣機！你為什麼要問胡嬸能不能洗衣服？你不是在這邊洗了？」被他這般沒來由的大吼，我都被罵得生氣了，但我還是不明白其中的緣由。「我當然聽得懂你的話！你讓我想想好嗎？」我吼了回去，嚴叔這才閉上嘴，臉上的憤怒變成了委屈，緊皺著眉頭瞪著我。

我靜下心來，回想過去幾天所有關於洗衣服的記憶。

印象中，衣服都是在地下倉庫的洗衣機洗的，只有住在胡嬸家的那兩天沒洗。昨天在胡嬸家，我順口問了胡嬸能不能洗衣服？她有些驚訝，然後露出神祕的微笑說：「其實你在飯店樓下可以洗呀，嚴叔沒告訴你嗎？」

原來，是我無心的一問，惹得胡嬸回頭就找嚴叔發飆。

嚴叔的委屈，也是我的委屈，原來我是不能在他們家洗衣服的客人。

我不知道自己做錯了什麼，但感覺錯得好嚴重。

「算了，吃飯吧！」嚴叔的語氣溫和許多，雖然他的眉頭還是有點皺。

他把拿給他的便當盒放進了微波爐。「這，這是我們的晚餐喔？」我驚訝得不能再驚訝了，這幾個便當盒，是昨天在胡嬸家吃的剩飯！我親眼看見金久把剩菜剩飯裝起來，以為他要拿去飯店裡面倒了，竟然交到嚴叔的手上。這些剩飯其實是阿Q前天的晚餐，隔天金久把剩飯熱一熱，分給我和逢月吃，沒想到我們吃剩的，才給嚴叔。

便當盒的背後，竟然是如此森嚴的階級。

「怎麼？你不想吃啊？」嚴叔見我面有難色，「老實告訴你，逢月那傢伙早上叫我不要給你晚餐吃的。我很生氣，問她為什麼？她說你是從臺灣來的間諜，是來打聽飯店的秘密的，叫我不要給你飯吃。」嚴叔講著講著，自己義憤填膺了起來。「他們真是混蛋！哪有這樣子對待客人的。如果我討厭你，我現在就會直接叫你滾，我一秒也不會讓你多留！外面旅社這麼多，你隨便住哪裡都可以。」

聽到這邊，我的眼眶濕了，心也涼了——這就是幾天以來不安的真相。

「那你現在要趕我走嗎？」我有些哽咽。

就像他說的，外面旅社這麼多，我幹嘛要在這裡惹人嫌？

「不，你留下，剛才的事情你知道你哪裡錯了，我原諒你了。至於逢月他們，我一點也不認同，你只是個年輕人，只是路過這裡而已，哪有他們想像得這麼糟糕。」我忍不住抱著嚴叔，

同樣是來自印度的華僑嚴叔，是在這裡唯一真誠對待我的人。

臉上的熱淚已經積成兩條小河。

嚴叔拍拍我的肩，「沒事，沒事，你現在安全的很，這裡是我的地盤，要是金久他們現在衝下來要趕你走，我就去跟他們對幹！」

四天前，人在千里之外的胡嬸幫我打電話拜託姪兒姪女，而金久、逢月為了我結束狂歡的夜晚，感到荒郊野外把我救回來，他們都是我的救命恩人。不知道他們是否後悔，救了一個這樣討厭的客人？我感到深深的罪惡。

是什麼樣的怨懟，使他們直到最後一刻，都不肯給我一個誠實的規勸或驅逐，反而把我關入了虛偽的友誼泡泡裡，不斷和微笑的面具與嫌惡的背影擦撞。

此時此刻，我深深感謝嚴叔方才對我的責罵。

他給了我最渴望的真誠。

33 跳水吧！男孩

終於到了早晨。

滿懷都是複雜的情緒，令我一夜未眠。從仲夏節那天的爆胎開始，一直在意外中度日。謝萊夫特奧，這個城市給了我許多沈痛的回憶。

嚴叔還熟睡著，我不忍吵醒他，於是悄悄地帶上門，沒有與他道別。

在清晨的薄霧消散之際，一個外來的年輕騎士也隨之失去了蹤影。

今天要去皮特奧城（Piteå）。我仍要借宿在別人家，招待我的人也是 Jenny 阿姨幫我找的瑞典人。我很擔心拉許的事件會再度重演，除了跟 Jenny 阿姨確認這位瑞典主人願意接待，我也跟這位瑞典主人確定他住的地方。

幸好，瑞典主人的家只住在皮特奧的郊區。

皮特奧在一六二一年升格為城市，但是這個濱海的木造小城命運多舛，不到五十年歲月，在一次的失火中付之一炬。當時的市民在情急之下倒還理智，沒有往郊外的森林跑，反而坐了船逃到了海上。野火燒盡，屋子沒了，人們都平安無事。又過不了五十年，來自東方的俄國大軍再次讓皮特奧毀於一旦。熊熊戰火之後，只剩下一座石頭教堂。

百年之內被毀城兩次，也許皮特奧的居民開始注意到風水的問題，商量之後，決定把新皮特奧遷到南邊去。老皮特奧也改了名字，叫做「厄耶村」（Öjebyn），接待我的瑞典主人謝爾（Kjell）就住在厄耶村裡。

謝爾是個大叔，大約五十出頭。才見面，他就問我：「等一下我們去游泳怎麼樣？」這個問題問得莫名其妙，但也問得好巧，我這一路上都帶著泳褲。

謝爾露出驚喜的笑容，「我可以帶我的兒子一起去嗎？」「當然可以，他在哪？」我看謝爾家靜悄悄的，他的兒子應該出門去了。「他在我前妻家，我半個月前剛離婚。」謝爾說得很淡然，絲毫沒有因為提到前妻而尷尬。

我很好奇但是也不便多說什麼，畢竟才剛脱離了謝萊夫特奧的間諜疑雲，深怕自己又成了不速之客。

友京是謝爾的兒子，一頭飄逸的棕色頭髮，面孔頗有他老爸的模樣。

謝爾開車離開了厄耶村，經過長長的綠色隧道之後，來到一片樹林附近。稀疏的枝葉間遮不住一片水鏡般的湖，也遮不住艷麗的比基尼。

許多人站在湖畔的木橋上，用各種姿勢跳進水裡。友京衣服一脫，從木橋上騰空一跳，「啪踏！」整個人墜入了湖中。他的老爸也不甘示弱，隨即跟上。

「跳下來吧！男孩。」謝爾對我吆喝著。看他們如此踴躍，我也像隻海豚一樣縱身跳進湖裡。

跳水的滋味，在於讓自己暫時脫離依靠，在虛無的空中享受被重力單純拉扯的感覺，最後「啪踏」一聲，我們被水接住了，然後沉沒。

左：謝爾離了婚以後搬到哥哥從前的公寓住，哥哥留下的小黃狗成為他親密的家人。
右：友京今年本來要升高二，但他把所有時間都投入電吉他和社會運動，學校要他再念一次高一。

騰空、墜落、沉沒——擺脫依靠，我們就擁有了獨立存在的自由。即便自由是短暫的，那短暫的過程裡，充滿著剎那即永恆的感動。

我想起去年冬天，看雲龍練習跳水的時候。

那是一個尋常的室內游泳池，但是有一個高高的跳水台和幾個跳水板。雲龍和他的同學在跳水板上練習，泳池邊則是國高中的少年跳水班。

跳著、跳著，池畔不時聚集了一群年紀更小的孩子，他們對那一片片飛濺的水花充滿的期待，甚至有個爸爸帶著孩子到教練面前，詢問自己七、八歲大的孩子能不能加入跳水班？

孩子們躍躍欲試，老爸和教練還沒談完，他們已趁跳水班的休息時間，紛紛衝上跳水台去了。聽著他們的尖叫聲，我感覺到他們無窮的

我想不出一個合適的名字稱呼天然的湖水，終於還是稱呼它「天然的湖水」，既然是天然的，那就不需要多加修飾。

精力得到了釋放，冒險的情緒得到了滿足。

對於一個海洋民族來說，跳水是重要的生命歷程。面對莫測的大海，必須要先學會親近了水，才能了解如何與水共處。只會游泳而不會跳水，就好像懂得炒菜的廚師不懂得打開瓦斯爐一樣，因此我認為，跳水和游泳，在海洋性格中缺一不可。

海洋民族不一定具備海洋性格，但是有了海洋性格的民族，就有了面對變化的勇氣與胸襟。

只是在臺灣，我們游泳，但不跳水。

孩子們迫不及待衝上跳水板，享受跳水的刺激與歡樂。

34 離了婚的好朋友

謝爾把房子讓給前妻，自己住到一間公寓裡。他老說自己剛搬家，東西很亂，但我感覺這屋子亂雖亂，卻不像剛搬進來的樣子，應該是有人住了很久，借給謝爾的。

大概只有冰箱是剛搬進來的，裡面空空如也。「不好意思家裡沒有什麼，我們晚餐只能吃冷凍披薩。」謝爾從冰箱下層拿出兩包冷凍披薩，丟進微波爐裡。我們一起盯著發亮的爐燈，他告訴我這間公寓其實是他哥哥的，「他上個月心臟病過世，留下了這間公寓，還有我。」

在哥哥病發之前，謝爾時常到哥哥家去探望，但哥哥依舊走了，那一天，謝爾剛好沒來。

而兩個星期之前，謝爾因為不明原因和妻子吵架，最後兩人竟然以離婚收場，謝爾就搬進了哥哥的公寓。一個月之內，他經歷了哥哥的喪事、離婚、搬家，舊的愁緒尚未離開，新的煩惱已相繼而來，這間屋子的凌亂應當是他的最近心情。

屋子裡開始瀰漫著一種沈重的氛圍，像是攪和在一塊的水彩顏料，只有淒涼的黑色，卻分不清此黑從何而來。

謝爾內疚地對我說：「很抱歉我沒有辦法好好招待你，我最近實在很忙。」「你在忙什麼？也許我能幫你。」「我要幫我的前妻漆房子。」

幫前妻漆房子？這麼難為情的事，該不會是法官對於謝爾的離婚處罰吧？雖然搞不懂怎麼一回事，我想我可以幫謝爾一把。他感到很驚喜，接受了我的幫忙。

午夜了，窗外的陽光總是在這個時候特別嫵媚，我凝視著永晝的天空，即使已經看了快一個月的永晝，那寧靜而永恆的和煦還是令我充滿驚奇，就像這趟旅程一樣。

明天要到謝爾的舊家去，不知道他會不會和前妻突然大吵起來，如果真的發生了，我該去勸架，還是要繼續若無其事的漆油漆呢？

在臺灣，「離婚」和「家庭破碎」幾乎是畫上等號的，今天變成了瑞典人的離婚，應該也差不多吧？

隔天早上，我一邊工作，一邊問著友京，爸媽的離婚會不會讓他感到沮喪？友京一派輕鬆，「這是他們的選擇。對我而言，差別只有老爸搬去了小公寓。」做不到半天，謝爾就說要收工了，「這間房子要漆一整個暑假，你漆太快，我接下來會失業的。」他半開玩笑地說。

謝爾的前妻古妮拉（Gunilla）準備了點心，所有人一起坐在後院吃下午茶。只見謝爾和古妮拉有說有笑，離婚絲毫沒有造成悲劇，他們之間充滿友誼，而對友京則各自充滿了關心，也難怪友京可以很輕鬆地面對父母的離婚。「這才是我們要的。」謝爾說。「離了婚，我們變成了好朋友，感情更好了。」古妮拉點點頭。

瑞典人的離婚竟然如此理性，也如此豁達，更重要的是一點都不讓孩子受到父母的情緒影響，因此沒有自卑自責的情緒，悲劇既不發生，自然也不會延續。

這樣和諧的離婚，不知道是什麼教育方式或是法律規範才做得到。如果臺灣的離婚事件也能按照如此單純的劇本演出，不知道有多少孩子的心靈可以免於傷害。

謝爾和古妮拉商量好，又帶我去了一次湖邊，還去看了厄耶村那座歷經戰火而不倒的石頭教堂，兩個離了婚的好朋友花了一整個下午的時間陪著我。

不少人載著雪地車（可以在雪上騎的摩托車）往湖邊去，我感到很疑惑。謝爾最愛的運動正好就是玩雪地車，他解釋這是雪地車的一種獨特玩法，有人發現雪地車可以在水上騎，但是只能一口氣騎到對岸不能停下，如果中途車子拋錨，就必須趕緊跳車，否則整個人將會跟著車子一同沉沒。

幫朋友的前妻漆房子，很輕鬆但又不敢太放鬆。

為了怕車子沉沒之後找不到，玩家會先在車上綁上浮標，如果沉了，日後就能找卡車來打撈。只是就算車子撈起來，也不能用了。這種運動既危險又燒錢，但是成功的人往往因此成了英雄。我忍不住問謝爾：「那你玩過嗎？」他說：「我不玩這招，我愛錢也愛命。」

謝爾每年冬天都駕著雪地車去爬山，他歡迎我冬天的時候再來皮特奧，他會幫我借一台雪地車，帶我去基律納（Kiruna）。那個城市位在北極圈內，是全瑞典的滑雪勝地。謝爾再三推薦我去一趟冰旅館，「最近他們還蓋了冰教堂，很多新人都去冰教堂結婚。所以，你結婚的時候要來瑞典，到冰教堂結婚，然後邀請我和古妮拉，我們一定會去參加你的婚禮！」謝爾閃亮的眼睛告訴我，他很想被招待住一晚冰旅館。

還是古妮拉比較中肯：「永遠歡迎你再來皮特奧，到時候你可以住在我們家。」聽到古妮拉這句話，我的眼眶突然濕了。

僅僅相處兩天不到，他們已經與我許下重逢的約定，想想在謝萊夫特奧發生的一切，我不禁莞爾。

走回謝爾家的路上，夕陽與我剛來到皮特奧的那天下午彷彿是一樣的景色。「這趟旅程最難的就是離別，不是嗎？」謝爾說完，我們會心地笑了一下。這是我們昨天剛見面時候說的話，他還記得。

離別其實可以很輕鬆也可以很難，端看回憶是蜻蜓點水還是刻骨銘心。

古妮拉和謝爾又再一次帶我來天然的湖游泳。

自從在謝萊夫特奧發生過爆胎事件之後，我決定每天都要為菜籃車做「健康檢查」。

這趟旅程最難的就是離別，最令人珍惜的是離別之前的相互祝福。

35 薩米市集

如果你問瑞典人：「你們的祖先是誰？」他們通常說不出一個明確的答案。是維京人吧？那一群戴著長了角的頭盔，駕著龍頭帆船的海盜。瑞典人會趕緊搖手，然後伸出食指：「不，不，我們不是維京人的後代，丹麥人才是。」如果你去問丹麥人，他們可能會點頭同意，並附上一句話：「瑞典人也是啊！」

從考古證據看來，也許丹麥人更適合做為維京人的後代，那麼，瑞典人的祖先該是誰，似乎還在解答中。

說不清楚祖先是誰，那瑞典有沒有原住民呢？「薩米人！」所有的瑞典人都會告訴你這個答案。

大家口中的薩米人，原來是一群住在北極圈附近的古老民族。據說早在一萬年前，薩米人就已經生活在極圈附近討生活了。那時也有活躍的全球暖化，各地的冰層不斷消融，人類也因此不停往新的土地遷徙，冒險的天性，從這個時候開始遺傳。

薩米人的家居情況。薩米人的服飾顏色繽紛，不管在哪，都像寶石一樣耀眼。

薩米人發明了雪橇和雪車，利用馴鹿在廣大的拉普蘭奔馳。

薩米人的足跡從今天的俄羅斯北部，橫跨芬蘭、瑞典，一直到山高水深的挪威都有。這一大片極北之地被稱作「拉普蘭（Lappland）」，在芬蘭語中，拉普（Lape）表示「邊緣」的意思，更早之前則是泛指那些「住在荒野之中的人們」。簡單的說，拉普蘭，就是蠻荒之地的意思。

來到瑞典北方，別的沒有，就是要來看看拉普蘭和薩米人。拉普蘭號稱有八個季節的自然變化，薩米人則是幾千年來，在拉普蘭的大地上，在永晝和永夜的天空下，與天地共生息的民族。

薩米人和深輪廓的瑞典人不太相像，反而貌似東方人，也難怪半世紀以前的瑞典人做了種種科學研究，硬是要撇清跟薩米人的關係。同樣住在北極圈裡，比起因紐特人的棕色毛皮，薩米人穿的服飾就繽紛得多，他們不是靛藍，就是豔紅，亮麗的服飾在鬱鬱的森林裡，或是在靄靄的雪地上，就像發光的寶石一樣耀眼。

要造就拉普蘭和薩米人，少不了一望無際的針葉林。在針葉林中，時常有兩種鹿穿梭其中：體型較大，壯得跟牛一樣的是麋鹿；體型較小的，是馴鹿。這兩種鹿都在漫長的時間裡，被薩米人給馴化。麋鹿成為食物來源，麋鹿肉和麋鹿香腸是薩米人的美味佳餚，而性情溫和的馴鹿負責拉雪橇。每年歲末，當拉普蘭的聖誕老人們要出外發禮物的時候，人人都少不了一支馴鹿車隊。

在廣大又森林遍佈的拉普蘭交換物資是件困難的事。古代的薩米人組成商隊，在拉普蘭四處巡迴，起點位在一個叫做約克莫克（Jokkmokk）的小村莊。「薩米市集來！」四百年來，每年二月的第一個星期四，遠方都會傳來鈴聲與燈火，薩米人便喜出望外地走出帳棚，相約來去趕集。此時，天上是神祕的極光在閃耀，地上，是此起彼落的叫賣聲在熱鬧。

後來薩米市集也出現在永晝的夏天，為此帶來另一番風味。

這個星期，夏日薩米市集來到了皮特奧，離開皮特奧的這天早上，謝爾和古妮拉親自帶我去逛。謝爾說：「這個市集只有當地人才會去，他們會跟著你往北，一路到帕亞拉（Pajala）。」

夏天的時候，拉普蘭的河水會暫時解凍，融化自斯堪地山脈的汩汩雪水格外清澈。薩米人砍下樹幹，挖成拳頭大的木頭杯子，杯子後面留了一截，削成像湯匙一樣的把手，然後用這種「木匙杯」，在河畔、瀑布下，撈湯似地舀水來喝。這個天然的優雅傳統被保存得很好，外地的遊客來到拉普蘭，看見了那個形狀特別的木匙杯，都不禁想買一個，和薩米人一樣在清澈的河畔暢飲。

除了木匙杯，具有薩米風味的東西還有薩米刀跟錫製飾品。薩米刀是薩米人出外居家必備的道具，刀柄是用健康的麋鹿角製成的，刀不大，在這個苦寒之地沒有什麼敵人需要攻擊，主要的用途是切東西。

時至今日，薩米市集成了瑞典政府行銷拉普蘭的熱門景點，不少觀光客慕名而來，也有不少穿著打扮時髦，卻販賣著薩米飾品的外地人。傳統薩米人的身影，在人潮之中似乎屬於少數。

所幸在這個市集上，還是能看見幾個具有東方面孔的薩米人。

走著走著，我們居然在一個手工藝品的攤子附近遇到了謝爾的媽媽。謝爾神祕地跟謝媽講起悄悄話，謝媽笑了笑，從小皮包裡塞了幾張鈔票給謝爾。

謝爾帶我來到攤子前面，有個薩米老阿嬤在賣手編的錫製手環，謝爾問我：「你喜歡什麼顏色呢？」我愛綠色，雪爾便掏出了謝媽給他的錢，替我買了一條青綠色的手環，並幫我戴在手上，給我誠摯的祝福：「祝福你永遠平安幸福，我的朋友。」

我會的，謝爾。

這條手鍊會一直伴著我到卡雷蘇安多，到臺灣。直到下一次我們相見的時候。

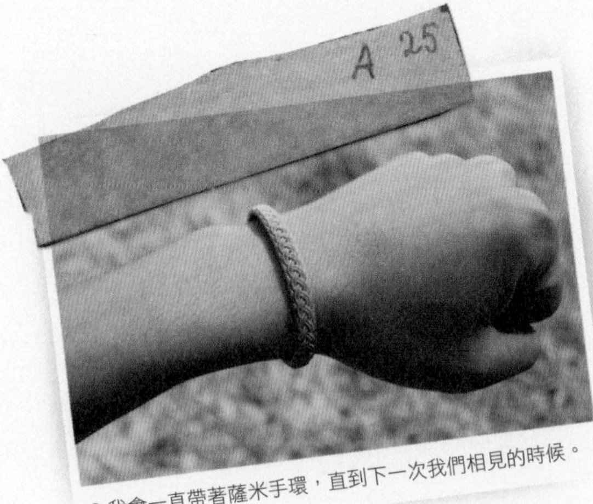

我會一直帶著薩米手環，直到下一次我們相見的時候。

politi

36 惡夢與天使

越接近哈帕蘭達（Haparanda），手機裡頭的芬蘭訊號越來越強，不知道什麼時候，竟然自己變成了漫遊。

這裡是瑞典和芬蘭的邊境，中間一條小河為界，河的西邊是瑞典，河的東邊是芬蘭的托爾尼奧（Tornio），河西的城市叫哈帕蘭達，兩個小鎮緊緊相依，是一對雙胞胎、姊妹市。

哈帕蘭達是個值得品味的地方，要品味哈帕蘭達，就要從歷史切入，而且要從它的姊妹托爾尼奧說起。

一七二一年，俄羅斯帝國的砲火擊垮了北歐霸主瑞典，彼得大帝麾下的俄國大軍踏過芬蘭，殺到了瑞典本土，瑞典東部的沿海城鎮幾乎都在戰火中付之一炬。輸得這麼慘，只好靠著不平等條約求得喘息的機會，俄羅斯的意圖倒是很明顯：他們要土地。「給，全給了！只要俄國人撤兵就好。」瑞典在波羅的海的大片領土全割讓給俄羅斯，條件是俄羅斯必須從芬蘭撤軍，並且保證：永不侵占。

橋的西邊屬於瑞典（Sverige），東邊則屬於芬蘭（Suomi）。

過了橋，身後便是芬蘭的托爾尼奧。

虎狼一樣的俄羅斯帝國後來還是食言了，一八〇九年俄國大軍再次占領了整個芬蘭。瑞典無力再與俄羅斯火拼，只能忍痛默許芬蘭的失去。好在瑞典和芬蘭之間有托爾納河（Torneälven）為界，暫時維持住井水不犯河水的情況。

偏偏托爾納河的出海口是波羅的海，俄羅斯必須要有一個港口，才能把所有芬蘭北部的物資運到其他地方，他們的占領才能帶來利益。貪得無厭的俄羅斯把瑞典本土的托爾尼奧港也拿下了。

萬般無奈，瑞典只好在托爾尼奧港的西邊建造了一個新的市鎮，這個市鎮就是哈帕蘭達。

如今的哈帕蘭達和托爾尼奧，雖然屬於不同國家，兩地的居民和生活卻緊緊結合。我在找遊客中心的時候，路上的大哥告訴我，哈帕蘭達的遊客中心設在托爾尼奧；要去大賣場，到托爾尼奧；要住宿，哈帕蘭達的便宜。

曾經的仇家，現在成了姊妹，歷史改變了好多事情。

有趣的是，在哈帕蘭達可以用瑞典克朗，過了橋，在托爾尼奧就只得用歐元，真是親姊妹也要明算帳。

我在遊客中心訂了旅館，跟著一群騎著重機的大叔大嬸住在托爾尼奧河畔。

習慣了露營生活以後，住在旅館裡反而不習慣了。不用搭帳篷，不用吹氣床，不用找廁所擦澡，瞬間的安逸會讓人有點焦慮。

這間店有投幣式的洗衣機，真是太棒了！我趕緊把穿了好幾天的衣服全部扔進去，頭巾、手套一干雜物，能洗的都給它一次洗乾淨。

洗衣機上頭沒寫要投多少錢，我投了兩枚十元硬幣，人就離開了。

哈帕蘭達的傍晚是粉紫色的，斜陽低垂在天與地的交際，卻又不會沈下。

一條河，隔著兩個國度，卻隔不住兩地的文化。如今河水依舊清澈，兩地的人都說著彼此的語言，兩地文化都沒有消失，反而融合得更緊密。

碧藍色的河水一波一波蕩漾著夕陽投下的餘暉，要是能坐上一只小木舟在上面飄泊，我願就這麼坐著。累了，就躺在船上，隨著波浪輕輕搖擺。我會瞇著眼，看著對岸的小房子一一地和我打招呼。

該去晾衣服了，我道別了浪漫的風景，回到旅店去。

今天住旅館的都是老一輩的瑞典人，對於我這個東方人的出現感到很困擾，對我投以奇怪的眼光，讓我渾身不自在。再回到旅店，幾位瑞典老人的眼光還是沒變。

不知為何，有一種不安的感覺。走到洗衣間，不安突然急遽升高。

洗衣機像是被謀殺似的，硬生生地停在那裡，泡在水裡的衣服像是倒在血泊裡的死者，被鎖在洗衣機裡頭。

應該是投的錢不夠，洗衣機洗到一半就斷電了，只見衣服全泡水中，洗衣門怎麼扳都扳不開。我再投了三十克朗，應該要洗好了吧？

旅館的老闆已經回家去了，櫃檯找不到人。這裡不像臺灣，旅館不會二十四小時為你待命，有什麼事情，必須自行解決。

一整晚都惦記著如何打開洗衣機，連做夢都在思考如何打開像保險櫃一樣的洗衣門。

在夢境之中，我悄悄地爬下床，回到了洗衣間。衣服都還在洗衣機裡頭，不過裡面好似冒著白煙。仔細一看，天啊！我的衣服全泡在鹽酸裡，它們正在一點一點的融化，門好像沒關，鹽酸從門縫中流了出來。救也不行，不救也不行，最後眼睜睜地看著衣服——毀了。

呼～呼～好險只是一場夢。

我趕緊跑去洗衣間，再一次試著嘗試扳開洗衣機，還是鎖得死死地。

「鈴～鈴～」櫃檯的服務鈴叫不到半個人，老闆的手機也沒接，我只好坐在客廳等。才七點，大家都還睡著，整個客廳靜悄悄地，只有時鐘正滴答作響。

外面似乎有斷斷續續的搬運聲，我了走出去，卻看不到半個人。不久，一個穿著藍色背心的女孩走了出來，背影看起來很像是東方人。她隨即又進入了一個房間。

等了一會兒，門開了，果真走出了個中國女孩。女孩來自山東青島，是芬蘭的留學生，暑假來到哈帕蘭達打工。

女孩叫做索菲亞，感覺聽見了天使的名字。

「不好意思，我昨天用洗衣機，結果衣服被鎖在裡頭了。」能夠用中文求救真好，索菲亞聽見我說中文也很開心。「原來如此。抱歉我也不太會用那台洗衣機，但我可以幫你找老闆來。」索菲亞進去櫃檯打了電話，老闆立刻就從外頭走進來了。

我們三人一起來到了洗衣間。洗衣機裡依舊汪洋一片，好險是水不是鹽酸，我慶幸自己醒過來了。「真是抱歉。」老闆用工具弄了幾下，神奇地打開了洗衣機的門。

涼風吹拂，剛晾好的衣服頗有韻律地搖擺著，不停地甩掉身上的水分。望著剛從洗衣機拯救出來的衣服，昨晚的惡夢正逐漸遠去。

索菲亞一直沒有告訴我她的本名。索菲亞就是索菲亞，她要我在回憶裡，留下一個天使就好。

索菲亞趁空檔為我送行。

37 帕亞拉正要開始

仰望著北極圈的告示牌，心中的那個地球儀變得格外清楚，我正站在地球儀頂端的那一圈虛線上。巨大的告示牌有一種說不出的莊嚴，像一道聳立的山門，從此進入，將會通往天地最蒼涼的盡頭。

北方的瑞典是個寂寞的地方，人少，也不太活潑。

瑞典人善於面對孤獨的民族，他們清楚什麼時候需要社交，什麼時候需要自處，他們知道如何在孤獨的世界裡成為自我的主宰，享受一人獨大的快樂。因此，他們看起來冷冰冰的，其實只是習慣把火熱的情感藏在心裡獨享罷了。

但北方的瑞典人是過度低調了，他們不主動打招呼，就算你主動跟他們說話，他們也只會很簡短地回答你，匆匆把話題結束。

好在他們總是會表現出悶騷的一面。昨天對我很冷淡的旅店主人，在我還了鑰匙給他之後，準備要離開時，他突然身子探出櫃檯，跟我猛招手：「旅途愉快喔！」就算是分秒的熱情，在這

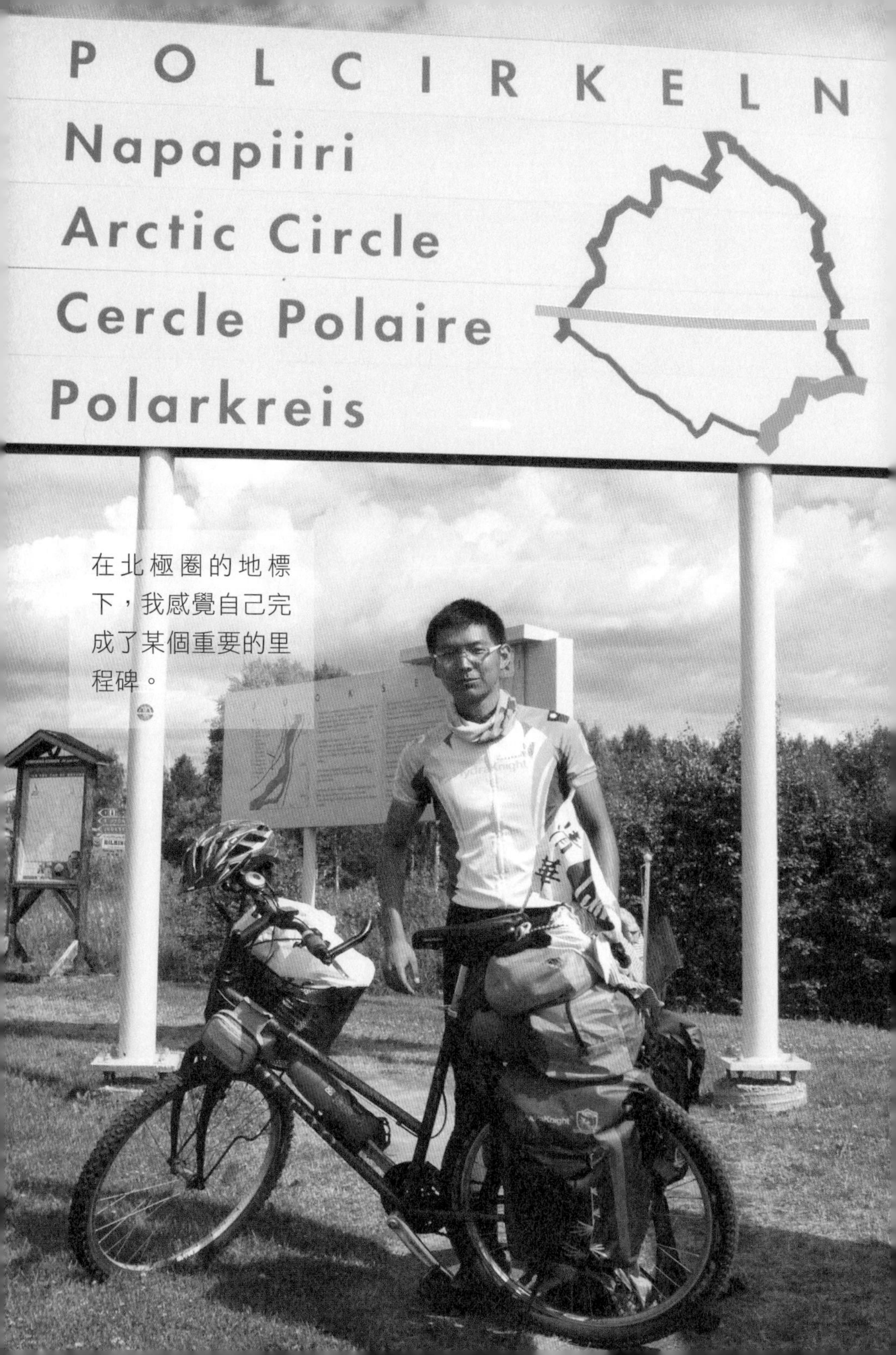

在北極圈的地標下，我感覺自己完成了某個重要的里程碑。

邊也顯得溫暖，畢我已經好久沒有跟這樣的熱情道別了。

帕亞拉的中央有一隻巨大的貓頭鷹雕像，彷彿這隻貓頭鷹就叫帕亞拉，守護這個個城鎮，只是還來不及了解，我已經來到了瑞典和芬蘭的界河畔了。

到芬蘭去要過一條橋，從這條橋過去，手機將會變成國際漫遊，貨幣將會變成歐元。不同於哈帕蘭達的繁華，接下來的路途只有村莊，沒有城鎮，更不用說有什麼熱鬧的旅遊景點。

橋頭有一家 MAXI 超市，規模不小，還有停車場。我不確定去芬蘭有沒有辦法像在瑞典一樣刷信用卡，乾脆先在 MAXI 買點吃的，免得到芬蘭去之後餓肚子。

超市裡頭人來人往，講話的聲音好像不只有一種語言。聽了快一年的瑞典話，雖然還是聽不大懂，但是從語調中，我可以大致確定對方是不是在說瑞典話。這裡的人講話的腔調和尾音聽起來都不像是瑞典話，八成是原住民的薩米話，而薩米話又和芬蘭話相近，我也分不清楚到底說話的是瑞典人，還是芬蘭人了。

陽光正熾，我坐在屋簷下的橫椅上吃著麵包。「哈囉！你好嗎？」一個豐滿的大嬸推著購物車停在我面前。我正滿口麵包，趕緊吞到肚子裡，喝了一口水，這才能說話。「你從哪裡來呀？」「我從臺灣來。」「喔！天啊，那是好遠的地方吔，你騎了多遠才來到這裡呀？」大嬸倒吸了一口氣，她驚訝的程度，彷彿我橫越了歐亞大陸一般，我趕緊澄清：「不，不，我不是從臺灣騎過來的，我去年在林雪平讀書，我是從林雪平騎過來的。」大嬸頓了一下，又倒吸了一口氣：「哇賽！那還是好遠呀！」

大嬸驚訝的模樣好像缺氧一般，讓我看了都替她擔心起來。

「我叫杜莉綺（Tullikki），我在芬蘭出生的，但是在瑞典長大，所以我兩種語言都會說喔！我們家就住在帕亞拉。」老天看我安靜了這麼多天，派了個活潑的大嬸來找我抬槓。

最近的生活已經單調成了一個迴路：騎車、吃飯、睡覺。

這個世界是不是有很多熱情和友善埋沒在刻板印象裡，只因我們不曾接觸，抑或不願去接觸？我的認知裡面，應該還有很多不曾體驗卻早已蓋棺論定的成見，等待我去跟自己澄清。也許行者的足跡有一個重要的意義，那就是用行動走向未知的角落，為真實的世界點一把光明的火。

「你要去卡雷蘇安多喔？你有沒有地圖呢？」我打開地圖，杜莉綺建議我走芬蘭那邊的路繞回瑞典。

「你回來的時候歡迎來我們家玩！」杜莉綺很開心地邀請我。我盯著地圖，不知道該怎麼回答這位我才認識不到五分鐘的大嬸。在這麼寂靜的瑞典北部，竟然有個熱情的大嬸邀請一個萍水相逢的外國人到家裡作客，有什麼不能答應的呢？

從卡雷蘇安多回到帕亞拉，需要走兩百多公里的回頭路，必須犧牲掉不少風景。之後的路線也要大幅更改，我可能因此無法到山城基律納。

算了，改就改吧！按圖索驥的旅行令人乏味，我走了兩千公里才遇到杜莉綺，相形之下兩百公里的風景算得了什麼呢？

「等我一下喔！我要算一下什麼時候可以回到帕亞拉。」

就在我盤算日子的時候，杜莉綺問：「要不然你今天來怎麼樣？」「什麼，今天？」「對呀，現在就來。」這位大嬸真是太爽快了，擇日不如撞日，等下不如馬上。

虧我還在為旅行精打細算，竟不知道此時此刻，我離帕亞拉只有短短的三十公里，去杜莉綺家作客是最方便的。

卡雷蘇安多永遠在兩百公里外等著我，早幾天去，晚幾天去，終究會到，雖然我已經比預定的行程慢了快半個月，慢就慢了吧！

「那我就到你們家打擾了。」「沒問題，需要我幫你把行李載回家嗎？我有開車。」杜莉綺的眼神滿是關切，擔心我累了。我已經走了兩千公里，早就習慣身上的重量，杜莉綺明白我當然不需要幫忙，但是從我答應要到她家作客的那一刻起，我已經是她們家的客人了。她的詢問，是做主人的一份關心。

「好呀！謝謝妳。」

回帕亞拉的路上，我忍不住唱起歌來，碼錶上的車速跟我的心情一樣高昂。

帕亞拉，才正要開始！

38 我的瑞典媽咪

又再一次見到了帕亞拉的貓頭鷹。

剛來到杜莉綺的家門，一個身形比我還高大的女孩走了出來，這是杜莉綺的女兒芳妮（Fanny），她一邊穿著溜冰鞋，一邊跟我打招呼。「芳妮要去練滑雪，你們一塊兒去吧！」杜莉綺說完，找了一雙直排輪給我。還沒踏進門，我就糊里糊塗地穿上了溜冰鞋。站起來的瞬間，一種架空的不安全感讓我立刻清醒。上次溜冰是十二年前，那時候我溜的還是兩排的輪子，現在要溜直排輪，好像不小心走上了馬戲團的鋼索一樣。芳妮看我惴惴不安的樣子，安慰我說：「我會在前面帶你，如果你控制不住，就往前傾，千萬不要往後倒，我會想辦法幫你停下。」

北歐人夏天沒有雪可以滑，於是他們發明了一種練習鞋，基本上是溜冰鞋的變種，前後特別長，很穩，用兩隻雪杖推動的力道和姿勢跟真正滑雪時差不多。

芳妮在于默奧讀大學，修的是體育教學的學位，未來她打算當一個體育老師。瑞典體育學校的學生也要受普通高中的教育，只是時間比一般的高中長，畢業以後就能和其他學生一樣升學。

芳妮高中的時候在西部的耶利瓦勒（Gällivare）讀滑雪學校，這裡是瑞典訓練國家代表隊的基地，芳妮便是代表隊的成員之一。她很謙虛，自己都不說，直到我們回家之後，在她房間看到了一堆獎盃獎牌，才驚覺：酷喔，我剛才跟瑞典國手一起溜冰！

杜莉綺的丈夫雷菲（Leif）下班回來，聽說我從臺灣來，「喔，我知道蔣介石！還有第一夫人、福爾摩沙。」「你好厲害喔，你怎麼知道這些事情呢？」「新聞上都有講。」看到芳妮和菲力克斯一臉茫然，雷菲笑著指他的孩子們，「他們太年輕了，和我的年代不同。」

一切是這麼自然，也這麼奇妙，這個小鎮上的人知道自己的故鄉的名字，心裡面有種喜悅，臺灣對他們而言，是世界的盡頭，正如我看待瑞典一樣。

隔天早上，我換好車衣，要跟杜莉綺道別，她看了看我說：「這麼快就要走啦？要不要再多住一天呢？」天氣預報說明後兩天都會下雨，如果要住，恐怕要住上三天。但是自從在胡嬸家有了不良經驗以後，我在別人家都不想久待。想了一會兒，我還是誠實地告訴杜莉綺我的想法。

「當然好呀！」杜莉綺開心地把我留下。

薩米市集已經從皮特奧來到了帕亞拉，大街上人潮洶湧，和前幾天的冷清光景全然不同，杜莉綺帶我去了雷菲的公司。

雷菲在帕亞拉的林業學校當老師，也在一家森林資源公司上班。他擁有一片森林，算是個地主，和鎮上的其他地主一起合夥，出租產權給伐木公司。除了寫契約，雷菲他們還要定期到他們的林地裡把生長不良、生病的樹木砍掉，另外放火把砍伐過的林地燒過，把新的樹苗種下。

今天雷菲沒什麼事情，他跟幾個同事約好了要去看新開的礦場。最近帕亞拉發現了一處鐵礦，準備要把周圍開發成礦場，政府安排了免費接駁巴士給居民，讓大家去「探勘」一下。可惜巴士一下就滿了，下一班要等三個小時，大家就一哄而散。

芳妮和菲力克斯接近中午才起床，兩個人吃完早午餐以後，各自出門去了，家裡只剩下我跟杜莉綺。瑞典人很獨立，大家要做什麼事情就自個兒去，家裡常常都沒人，食物就放在桌子上，要吃的人就吃，吃完了收好，然後繼續去做自己的事情。下午雷菲要帶芳妮和菲力克斯去參加足球比賽，杜莉綺則是要去聽歌劇，我選擇了歌劇。

瑞典北方盛行一種宗教，叫做 Laestadianism，是從路德教派中保守派分支出來的一種信仰。十九世紀是一個器物發展日新月異的時代，電燈的發明，照亮了夜晚；電報的出現，進入通訊的新世代，人類在不斷適應新發明的過程中，產生了一種反思：我們為什麼要被科技追著走？這樣的反思逐漸形成 Laestadianism，有了不少擁護者。擁護者提出了許多反潮流的行動，其中最古怪的是：不可以看電視。

剛溜冰回來，杜莉綺已經準備好豐盛的晚餐。

到杜莉綺家作客，有一種回家的輕鬆。

雖然我不懂路德教派，但是我可以理解 Laestadianism 的信仰者為什麼透過反物質文明來體現他們對信仰的虔誠。十九世紀的人們生活步調比今天慢，但是那個時代的科技進步速度卻和今天差不了多少，想想，大家晚上本來靠煤氣燈，幾年後有了不會閃爍的電燈泡；過不久，街上有了電報局，有什麼急事，遠方的人都能收到。生活一年比一年便利，但生活的挑戰性也越來越高，落差之間反映的是多數人跟不上時代的挫折與迷惘。也難怪 Laestadianism 在貧瘠的瑞典北方相當盛行。

歌劇表演的地點是在 Laestadianism 的聚會所，這是一個像教堂卻沒有十字架的地方，壁畫上的人物看起來類似聖經故事，卻又有些迥異。

歌劇的故事內容是一家 Laestadianism 信徒的生活。

有一天，父親帶了電視機回來，要兒子一起看看這新玩意兒，不巧修士剛好來到家裡拜訪，去應門的兒子看到是修士，趕緊要父親把電視機藏起來，當父親的不但不藏，還把嘴上那跟大雪茄拿下，對兒子吐了一口濃濃的煙，要兒子別擔心。就在兒子不知所措的時候，修士進門逮了個正著，開始對父親數落抽煙與看電視的種種罪惡。這位父親一副心不在焉的樣子，最後回報給對牛彈琴的修士一口更濃的煙味。

三個角色全由那個穿黑色T恤的男子演出，其他人負責伴奏。大家看主演一人分飾三角，一下是無賴的父親，一下是焦慮的兒子，轉身又變成了道貌岸然的修士，引得大家笑聲連連。然的修士，引得大家笑聲連連。

可惜歌劇是用瑞典語演唱的，我幾乎聽不懂，靠著杜莉綺的翻譯，我再與印象一一比對，才知道這個故事。

回家的路上，我和杜莉綺一同騎著腳踏車，斜陽把我們的影子拉得好長，望著那兩個長長的影子，我突然想念起在臺灣的母親。

Laestadianism 的歌劇。

39 百年事業

今早的帕亞拉格外熱鬧，戶外到處都是穿著運動服的人。一年一度的帕亞拉城市馬拉松將要在上午十點舉行。

昨晚雷菲興高采烈地回家，原來他和芳妮、菲力克斯贏得了足球比賽，而且是大獲全勝！我沒有太意外，雷菲是足球員榮升的足球教練，芳妮有一雙強勁的雙腿，菲力克斯有兩百公分的身高，他們父女三人加入哪一支隊伍，都有一面倒的勝算。「我老啦！跟年輕人比，快不行了。」雷菲有些疲憊地說。「你明天不是要參加城市馬拉松嗎？那怎麼辦？」「哈！我跟朋友們打賭明天要拿倒數第一，我可不能跑太快。」雷菲頗有自信地笑著。

看來雷大叔為了今天的倒數第一做了不少貢獻，用昨晚的勝利換取今日的「勝利」。

我和杜莉綺、芳妮三人九點多來到觀眾區幫忙加油，杜莉綺的姪女也報名參加跑半程。「嘿呀！嘿呀！（瑞典語的加油）」大家不斷高喊著「嘿呀！」我發現，大家不只是為自己的親朋好友鼓勵，當親友們通過之後，他們還是站在那兒為其他人加油。

這是帕亞拉的比賽，而榮譽屬於帕亞拉的每一個人。

「嘿呀！嘿呀！」我這個外國人也高聲嚷嚷起來，對這股群體的榮譽有了歸屬感，我也是這場馬拉松的一份子。

有個瑞典朋友曾經告訴我：「瑞典人不喜歡當第一，要贏，就要大家一起贏。」我不是很懂，他又跟我解釋：「假設今天班上考試，結果只有我考很高，大家都不好，我會覺得很丟臉，因為這樣顯得我太突出。如果今天大家都考得不錯，連最後一名的同學都及格，我們會為他開 party 慶祝。」這樣的群體榮譽令人敬佩，也許是這股精神造就了今日瑞典共存共榮的社會。

在羨慕這片樂土的同時，我期待著能把這樣的精神帶回故鄉臺灣。這樣的精神不會立刻成為主流，但我相信它有成為主流的價值。有一天，我們也會是一個重視群體榮譽的民族。

下雨並沒有減少帕亞拉人看比賽的興致。

老天不作美，在比賽的中途下起了大雨，加油的眾人紛紛躲進公車亭裡，但是「嘿呀」更加激昂了！選手們的汗水在雨中化成熱血的白煙，終點線上，人群為每一個到來的英雄鼓掌喝采。

大部分的人都陸續抵達終點了，杜莉綺的姪女早就跑完，衣服都換好了，就是遲遲不見雷菲的身影。

雷大叔該不會真的要拿倒數第一吧？要得到這項「榮譽」，必須要比那些單純來健走的阿公阿嬤還要慢，稍有不慎，就會不小心失去了「倒數第一」的頭銜。

不久，雷菲上氣不接下氣地跑來了，終究還是比最後面的阿公阿嬤們快了十分鐘。

杜莉綺的妹妹和姪女難得來帕亞拉，下午杜莉綺跟他們一起去探望杜媽媽，把我也帶上了。杜媽媽是芬蘭人，第二次世界大戰的時候在家鄉生活不下去，搬到了瑞典。瑞典政府在當時果決地謹守中立，不僅庇護了許多被納粹迫害的猶太人，還有那些因為戰火而逃離家鄉的小老百姓。

我一句芬蘭話也不會說，見到杜媽媽只能用瑞典話虛晃兩招，之後就面帶微笑地閉上嘴。杜媽媽聽了杜莉綺的介紹以後，很開心地握著我的手，笑瞇瞇的，很慈祥。

見過了杜媽媽，隔天下午雷菲也帶我去探望了雷媽媽。

去雷媽家的路上，我們經過了雷菲的林地，就先下來顧一顧雷菲新種的樹苗。林田的土鬆鬆的，地上留著燒成黑碳的樹枝，小樹苗們一排排整齊在空地上立正，整個看起來就像是一畝「林田」。雷菲拔了幾棵枯黃的樹苗，有點生氣地告訴我：「這些都是被野生的馴鹿給咬爛的！馴鹿愛吃這種小樹苗，有的時候牠們在森林裡沒東西吃的時候，就闖進我的林田裡，撞倒了小樹不說，還會吃這些樹苗。」

雷菲終於抵達終點，但他還是比後面的阿公阿嬤快了許多。

時至今日，瑞典的土地上有七成的面積都是森林，瑞典人因此戲稱自己是住在森林裡的人。如此廣大的森林之內，平均每十顆樹就有七顆樹能夠當作木材資源使用，如此天賜的禮物，豈不該好好開發？

我的見識遠不及一個世紀之前的瑞典人。

百年之前，瑞典人望著一望無際的森林，早已想到了金錢以外的價值，他們思考著：如何才能讓他們的子孫也看到跟祖先一樣的風景？最後，從政府到民間有了共識：種的樹一定要比砍的樹多。於是，他們挽起袖子，在砍伐之後的荒地上，種下了新的樹苗。

當年種下的樹苗現在都成了大樹，像雷菲這樣的地主出租林田給伐木公司，成了一種收割。

從一九二五年到一九八五年，瑞典每年的平均森林面積增加了百分之零點七五，乍看之下這個數字實在不多，它僅僅反應著每年的森林生產量多過砍伐量，但是六十年累積下來，竟然增加了一半的森林面積，它創造了的不僅是後代子孫的財富，更是永續經營的奇蹟。

做為林業大國的瑞典，不僅向世界各地供應了原料，也在環境保護上做出了典範。而有趣的是，瑞典國有的森林面積只占兩成，剩下八成都屬於民間企業和私人擁有，「種多於伐」的概念如果沒有人民的配合，政府就算完全不砍樹也無濟於事，要能夠把永續經營的概念代代相傳，除了教育別無二途。

那麼，他們的教育方法和他們的森林管理一樣有百年的眼光，一樣有百年的智慧。

雷菲帶我來到雷媽媽家，我幫忙他割草。

這一棵小樹苗，幾十年之後又會是一棵粗壯的大樹。

40 世界的盡頭

這一路上，我遇到很多像母親一樣的女性，杜莉綺無疑是和我緣份最奇妙的。如果那天她沒有在超商外面發現我，此刻我應該已經從卡雷蘇安多踏上回程的路，恐怕仍舊在林海中茫然地踩著腳踏車。

此刻我才明白，如果少了刻骨銘心的回憶，旅行其實和工作沒有太大的差別。

我的旅途最精采的不是路邊的風景，不是博物館和古蹟，而是那些叔叔伯伯、婆婆媽媽，他們的熱情讓千山萬水的遠行變成一次次回家的期盼。

人們有時用豪情壯志做為旅行的精神，我用溫馨與感動做為我的鋪陳。

你一定不會意外，我離開帕亞拉的時候還是哭了一場。極圈的冷風很快就吹乾了眼淚，溫暖的回憶卻早已在心田裡，化作祝福的勇氣。

帕亞拉的下一站，是芬蘭的穆奧尼奧（Muonio），而穆奧尼奧之後，就是卡雷蘇安多。

最後一關總是最難打的，今天的天氣很糟，我才被雨澆濕，太陽就出現了，衣服快要乾爽的時候，又來一陣蓮蓬頭般的雨，隨後刮起凍死人的寒風，路上半個人影都沒有，跟撞邪一樣。

瑞典和芬蘭都有一個卡雷蘇安多，但是芬蘭的卡雷蘇安多蕭條得像是還在二戰時期一樣，房子破舊，看不見幾個人影，一不小心就騎出了村外。左手邊是瑞典和芬蘭的界河，只要過了橋，就是瑞典的卡雷蘇安多。

終於來到瑞典最北的城鎮，「好啊！」我興奮地喊出了期待已久的喜悅，嚇到了路旁好不容易露臉的村民。

河的對岸，一座黃色的薩米教堂現出了身影。

看到了黃色的薩米教堂，就看到了卡雷蘇安多。

最後的一段路總是
最難走的。

那座黃色的薩米教堂是卡雷蘇安多的指標建築，也是瑞典最北的教堂。

從繁華走向蠻荒，從熱鬧走向孤寂，一路上拜訪的除了老華僑們，我也拜訪了不少瑞典的教堂，從最老的、最大的，看到最偏、最遠的，我們彼此頗有緣分。

去年，我在拉薩城中仰望著布達拉宮的雄偉；此刻，我在界河上眺望薩米教堂的樸實。

在這麼偏遠的地方，雄偉反而會成為一種虛榮。在拉普蘭，大自然本身就是一種信仰，而基督宗教屬於外來移民，應該和諧地和大自然共存，教堂的建造者明白這個道理，便以樸實代替雄偉，以和諧取代虛榮。

薩米教堂實在不大，對於一個教堂，它的高度在於讓它的遠近信徒們，時時抬起頭來便能瞻仰，時時知道朝著正確的方位祈禱，因此，薩米教堂只讓它的一座尖塔特別高突，其餘的部分安然地隱沒在樹林裡。

這樣的和諧讓遙遠的小鎮，有了一份人與自然和平共存的溫馨。

過了橋，我回到了瑞典，一塊巨大的告示牌寫著：芬蘭一公里、北角四百三十四公里。我來到心中的世界盡頭，卻發現了另外一個世界的盡頭：北角。人生的地圖隨著腳步不斷地延伸，等到百尺竿頭，我們又更進一步。

卡雷蘇安多是距離上的終點，卻只是旅途上的折返點。但是在森林裡悶了快一個月，如果按照原來的路線回去，我擔心，路上可能只會更悶。

我決定改變方向，只是該往何方呢？

北極的寒風告訴我，應該到西邊去。西邊，是挪威。

這一年沒有太多的錢可以出國去玩，挪威離瑞典太近，很早就被我排除在旅行的名單外。此刻，我和挪威才真正是相隔咫尺，只要我到了西南方的基律納城，搭兩小時的火車就可以到挪威，而且是北方的挪威，最磅礡的峽灣全在那裡。

瑞典和芬蘭都有個卡雷蘇安多，這裡是在兩個卡雷蘇安多的中間。

瑞典最北的城鎮，東經 22.29 度，北緯 68.27 度。

天上的雲不斷往西方飄去，彷彿要在挪威與我相遇。

快找間小木屋安身吧！卡雷蘇安多真的好冷，永晝的太陽只是個虛位元首。

卡雷蘇安多彷彿沒有人煙，我幸運地找到一間旅店，主人剛好在家。

TORNEDALEN
NORDKAP
KARESUANDO
FINLAND 2
NORDKAP 434

41 遲到的朝山者

從小村莊急急趕來，我還是遲到了，基律納已經天亮了。

我比其他同學慢了半年才來拜訪基律納，看不見天上的極光，卻看全了基律納的大小角落。

這個城市的盛名，可以說在瑞典北方獨占鰲頭。如果你用東西南北四個方位來了解瑞典，以下的幾個城市的名字值得記下：東邊有斯德哥爾摩、西邊有哥登堡、南邊有馬爾默，北方有基律納。

今天的里程很短，但是感覺是最吃力的一天。我隨著坡度不斷爬升，可以清楚地感受到基律納是座山城，而市中心就位在山頂的地方。

山下的風很強，彷佛形成一種天然屏障，讓人難以前進。好不容易上到山頂，風勢竟然緩和了，我大概通過了某種考驗，才能來到基律納的市區。

一個巨大的「山谷」迎面而來。

相詢之下，才知道那不是山谷，而是基律納的一處老礦場。據説那個「山谷」以前是個山丘，現在只剩邊上的石頭還高出地面，其他都挖到地底下去了。這麼巨大的礦坑，不愧是世界最大的鐵礦場。

大概沒有什麼東西，能比那烏溜溜的鐵砂更能訴説基律納的過往了。

三百年前，基律納仍是拉普蘭大地的一個神祕角落，除了薩米人，只有馴鹿在寂靜的夜空下和極光對話。

有人偶然發現了薩米人口中的「瓦拉（Vaara）」有鐵礦存在，便把這件事情記錄下來。這個消息流傳了幾十年，終於引來測量學家的好奇，冒險來到基律納繪製地圖。他發現：基律納一帶，有很多的小山丘，原來這些山丘，就是薩米人所謂的瓦拉。

建造在山上的基律那，想要造訪必須先經過一段朝山儀式。

雖然瑞典人這時就已經知道基律納一帶出產鐵礦，而且可能是大量的鐵礦，但是基律納在北極圈裡頭，夏日短暫，嚴冬漫長，又沒像樣的道路，始終沒有下定決心開發這塊土地。

直到火車的普及，使得基律納再次引起了瑞典人的關注。

基律納附近從北到南一共有三座山丘，位在中間的 Haokivaara 被選為城市的建造點。兩位建築師在 Haokivaara 上下勘查後，提出了驚人的想法：市區設置在山頂上。不少專家跌破了眼鏡，因為山頂均溫會比平地還低，山頂的風可能會很強。

建築師將他們的心得告訴大家：「基律納位於副極地氣候，山丘上的冬溫會比低處高」他們還拿出了精心設計的街道圖，娓娓道來：「我們讓城市的街道盤旋而上，市中心位在山頂，恰好能鎖住山谷吹上來的風。」建築師的真知灼見很快得到了有關當局的同意，而他們的構想也真的讓基律納成為適合居住的城市。

一九〇〇年，基律納建城，起初只有十幾個人的荒山，三十年不到就發展成萬人的城市，並且成了歐洲各國的工業之母。

基律納除了有豐富的鐵礦，還有很好的鐵路運輸，西通挪威，東抵芬蘭，優異的地理位置，使得二戰時期的歐洲各國，無不在打基律納的主意。

一九四〇年的春天，英國海軍第一大臣邱吉爾便打算讓一支軍隊從挪威北部的海港借基律納前往芬蘭，嚴守中立的瑞典政府不敢答應，邱吉爾也只好作罷。不久，納粹德國占領挪威，和瑞典言明井水不犯河水，但是瑞典軍方怕德軍食言，在基律納附近邊界上的橋墩駐守了一支隊伍，若是德軍違背承諾，覬覦基律納的話，士兵們就炸毀橋墩。

為了保護基律納的生產不受影響，瑞典政府甚至禁止所有的外地人前往基律納，直到二戰之後才重新開放。

這時的基律納，不僅有鐵礦場這塊老招牌，也揭開了旅遊業的新區，冬天辦起了極光之旅、薩米文化體驗，還能入住冰磚打造的冰旅館。夏天的基律納則吸引全世界的登山愛好者，前往瑞典最高峰凱布訥山（Kebnekaise）。一年到頭，基律納都忙著迎接世界各地的客人。

連當地人都感到違和的市政廳。

我氣喘吁吁地來到了遊客中心，只見大排長龍的隊伍在等著訂旅館，我看了一下號碼牌，決定放棄在這裡等候，直接到旅館打游擊。找了幾家青年旅館都客滿，我決定去住小木屋，其他地方的小木屋都還算便宜，三百克朗上下，偏偏基律納的小木屋是五星級的那種，要價一千克朗！當時我筋疲力竭，神智有點不太清楚，糊里糊塗地就把一千克朗交給了櫃檯小姐。

四十天的省吃儉用，只要三秒鐘的意志不堅就可以揮霍完畢。

對一個習慣餐風宿露的旅行者而言，豪華的小木屋無疑是萬劫不復的魔窟，但我已身陷魔窟，決定冒險住上一晚。

今晚我必須要睡在這個五星級的「魔窟」裡頭。

42 挪威人的大山大海

極圈鐵道坐起來平穩多了！

去年從拉薩坐青藏鐵路回西安，火車在「之」字形的高原鐵道上斜斜地前進，我竟然暈車嘔吐，不是因為高原反應，純粹是在車廂裡「東倒西歪」的感覺太難受。

我從基律納要前往挪威的納爾維克（Varvik）。窗外的雪山與青藏高原互有千秋，這裡的山稜角比較分明，稜就是平整的稜，角就是鈍鈍的角；而青藏高原的山是崎嶇的，尖銳的，這峰與那峰你不讓我，我不讓你的爭高，鬥奇。

我一直望著南方，期待一個奇景的出現。

奇景是一個巨大的碗型山谷，這是最後一次冰河時期留下的遺跡。當時，覆蓋在斯堪地山脈上的冰河削開了山谷之後不久，便化為淙淙流水，向浩瀚的大西洋展開了新的生命形式。

缺口的後面就是白色的天幕，遠遠望去，彷彿這個山谷的後面能夠通往天上。

冰河時期留下的巨大山谷。

一到挪威，迎面就是大山與大海。

不知道從什麼時候開始，山的腳下變成了大海，風景突然遼闊起來，海上煙波浩渺之中，有一座又一座的山，一座又一座的島，像是一群巨人站立在海中。

挪威，我們到了。

山與山之間，有著像牙籤一樣的小東西連著，仔細一看，應該是橋樑。把橋樑和大山略一對比，我立刻對眼前的大山大海肅然起敬。

挪威人造橋的技術是出名的，他們是真正的行家，這裡的峽灣壯闊的壯闊，破碎的破碎，而這些碎島底下全是深不見底的大海，要在島與島之間建起橋樑，深邃的大海就是首先要克服的難題。

但挪威人對交通發展充滿決心，硬是將破碎的島嶼連通起來，還整合出一條縱貫南北的公路來。而那些不適合建造橋樑的地方，則用移動船接駁，見到那些磅礡的峽灣，再看看那些磅礡的橋墩，你就會明白挪威人的胸襟和性格。

他們的胸襟是恢宏的，他們的性格是堅毅的。

走下火車，濛濛的細雨中，有一種海的味道。

短暫的拜訪，吉姆帶我上山下海，說了許許多多他的旅遊故事。

吉姆的世界旅行地圖，因為他旅行的地方實在太多，連報社都特別採訪這位傳奇的超級沙發客。

來接我的是當地人吉姆（Jim），我們約好了要到他家去沙發衝浪。

沙發衝浪是個旅遊社群網站，成員們叫做「沙發客」。你到一個地方旅行，可以在網路上找到當地的沙發客，請他們接待你。你也在家當主人，接待全世界的沙發客。這個網站至今有三百六十萬左右的成員，吉姆成為沙發客的時候，全世界的沙發客還不到一百人，可以說是沙發界的元老了。世界上的一百八十多個國家，吉姆已經去過了一百五十三個國家，而且大多時候，他都是用沙發衝浪。

他兩年前才去過臺灣，對臺灣印象好得不得了。

他說，有一次有個臺灣婦人帶著孩子來他家沙發衝浪，提前一天就到了，但是吉姆還在接待美國來的沙發客，就帶婦人先到吉姆的媽媽家。

隔天美國的沙發客離開了，吉姆去媽媽家裡接婦人，才進門，就聽見婦人與吉媽媽聊得有說有笑，相處得很融洽。婦人和兒子在納爾維克待了幾天，臨走前，向吉媽媽再三邀請，要吉姆和吉媽媽一起到臺灣玩。

吉媽媽很有活力地要吉姆陪她一起去臺灣，兩個人就飛了半個地球來找臺灣婦人。這回婦人做東，帶著吉媽媽上山下海，去的地方恐怕連臺灣人自己都不大知道的景點，吉姆給我看的照片裡，竟然有新竹尖石鄉的司馬庫斯部落。

托這位婦人的福，我在卡雷蘇安多寄出詢問給吉姆的時候，他很快就答應了。

剛讚嘆瑞典人在山丘上建造基律納，我現在又佩服起挪威人在峽灣上建造納爾維克。這裡是山高水深的海港，適合萬噸大船停泊，但是這裡的陸地崎嶇，房子必須依山而建，或是要住在某些小島上。

吉姆開車帶我去逛整個納爾維克的時候，車子在急轉的彎道前常常差點撞上對向車，但是他們都習以為常，彼此不但沒有惡言相向，還互相打著招呼，彷彿在說：感謝老天，我們都沒事！

峽灣是屬於海洋民族的，對於海洋民族而言，陸地只是暫時的棲所，海洋才是他們廣大的故鄉。因此他們一點都不介意住在斜斜的山坡上，行走在窄窄的山道上，山與海都這麼壯闊了，還計較著什麼呢？

納爾維克人不需要高樓大廈，因為他們的居所，就是高拔的峽灣；他們不需要露天海景，因為他們的所在，就是無邊的大海。

遼闊的納爾維克港。

43 寒玉床不是夢

睡在《神雕俠侶》的那張寒玉床是什麼感覺？

當我走進了於卡斯亞尼（Jukkasjärvi）的時候，就不斷揣度睡在寒玉床的感覺。這個小村莊位在基律納東邊不遠的托爾訥（Torne River）河畔，冬天是零下十幾度，有半年都是無盡的黑夜。這片「極北苦寒之地」，就盛產著「起沈痾、療絕症」的神奇冰床。

夏天的時候，斯堪地那維亞山脈上的白雪化成奔放的清流，暢遊在古代的冰川遺跡之中。午夜的太陽閃耀在金黃色波光裡，盪漾著千古不變的晚景。隨著冬天的到來，於卡斯亞尼的時間就如同托耳納的河水一樣，漸行漸緩，終止在永恆的夜色裡。

冬季的冰封可以讓托爾訥河水結上八十公分厚的冰層，世居此地的薩米人，此時就會推出家裡的雪橇，來到河上遊玩。或者，可以用手搖鑽打出一個窟窿，三五好友對著冰洞垂釣。

二十年前，一群瑞典的冰雕藝術家望著遼闊的托爾納河，夢想著：何不來建一座冰旅館？這群藝術家用行動證明了他們的夢想。他們用了大型切割機，從托爾訥河切開了一塊又一塊的冰磚，在空地上用冰磚砌成了冰堡。

冰晶的神奇，在這個大膽的夢想中不斷展現奇蹟，冰旅館的椅子、床和裝飾品全都用冰磚打造而成，每一間房間的冰雕都是一次藝術的綻放，都是一次精采的歷險。

在冰旅館外拍照。

冰製的傢俱。

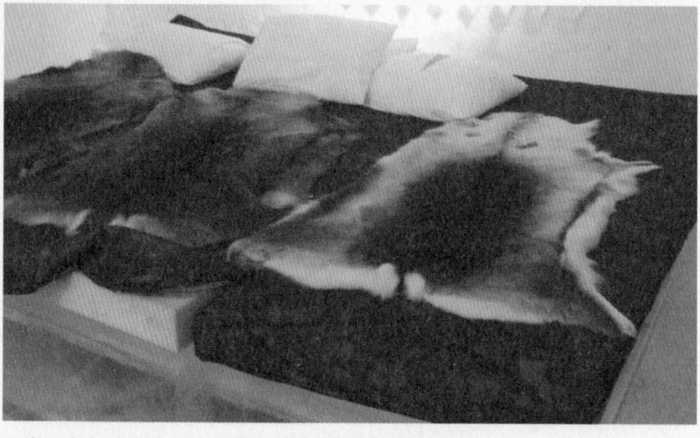

寒玉床上鋪著麋鹿皮，睡在上面一點都不會覺得冷。

在這之前，相信世界各地有不少人都曾望著一條遼闊的凍河幻想過冰旅館的存在，但這個夢想終究讓即知即行的瑞典人給付諸實現。

我走進展示的房間裡，不禁好奇：如果房間的一切全是透明的，那不就沒有隱私了？忍不住四下張望一下。原來冰旅館的建材有清、白兩種，清的是晶瑩剔透的冰塊，白的是白皙的雪磚。隔間用的牆壁是白磚，而房間內的一切用具都是清磚，如此一來，人人都能優遊在水晶的世界裡而不受打擾。

冰做的旅館應該很冷才對，可以住人嗎？這裡的冬天，每日的平均溫度是負十度C，而冰旅館裡頭則是恆溫負五度C，當我們走進來，反而是溫暖的。為了怕客人受寒，每一張寒玉床上都鋪著一張麋鹿皮，搭配隔熱睡袋，讓人人都能在寒玉床上安睡。這裡的工作人員告訴我，他們只遇到睡到流汗要換睡袋的客人，卻從來沒遇上太冷要加睡袋的。

一排排伏特加擺在透明的冰櫃上，穿著雪衣的酒保從櫃檯下端出一只玻璃般的方形容器，把伏特加酒倒了個七分滿。「來杯酒吧！先生。」當你拿起這只酒杯的時候記得：只能小啜，不可牛飲。否則你的唇會被凍在杯口。

在冰酒吧裡頭，一切仍舊是冰造的，就連手中的杯子也是，當你坐在吧台發呆，杯子裡的酒不需要冰塊，也能夠保持冰涼的口感。

二十年來，每年冰旅館都邀請了全世界頂尖的冰雕藝術家來此朝聖，來此揮灑。他們取下了托爾納河的一小部分，好像從水中倒出了一滴水，這一滴水，卻像魔術一樣變出了藝術。藝術家們必須端出最創新的設計圖才能獲得邀請，因此，冰旅館標榜著「年年都不一樣」的設計。今年你來，也許房間裡有個北極熊，明年你再來，擺設可能就是無尾熊了。

透明與白色的冰磚，就能打造出魔幻的殿堂。

冰酒吧成了冰旅館的另一塊招牌，在東京和倫敦也紛紛開啟了分店。

試躺在寒玉床上。

隨著夏天的到來，冰旅館自然地消融，所有的藝術化成水的柔軟姿態回到了托爾訥河，繼續它們神聖的旅程。我來到冰旅館的時候，去年的冰旅館早已融化，河畔只剩下幾處地基。站在地基之中，彷彿站在一座偉大宮殿的遺跡裡，感受著冰之神宮的雄偉。

托爾訥河正奔騰，我不禁遙想今年的冬天，這裡，又會是另一個偉大的開始。

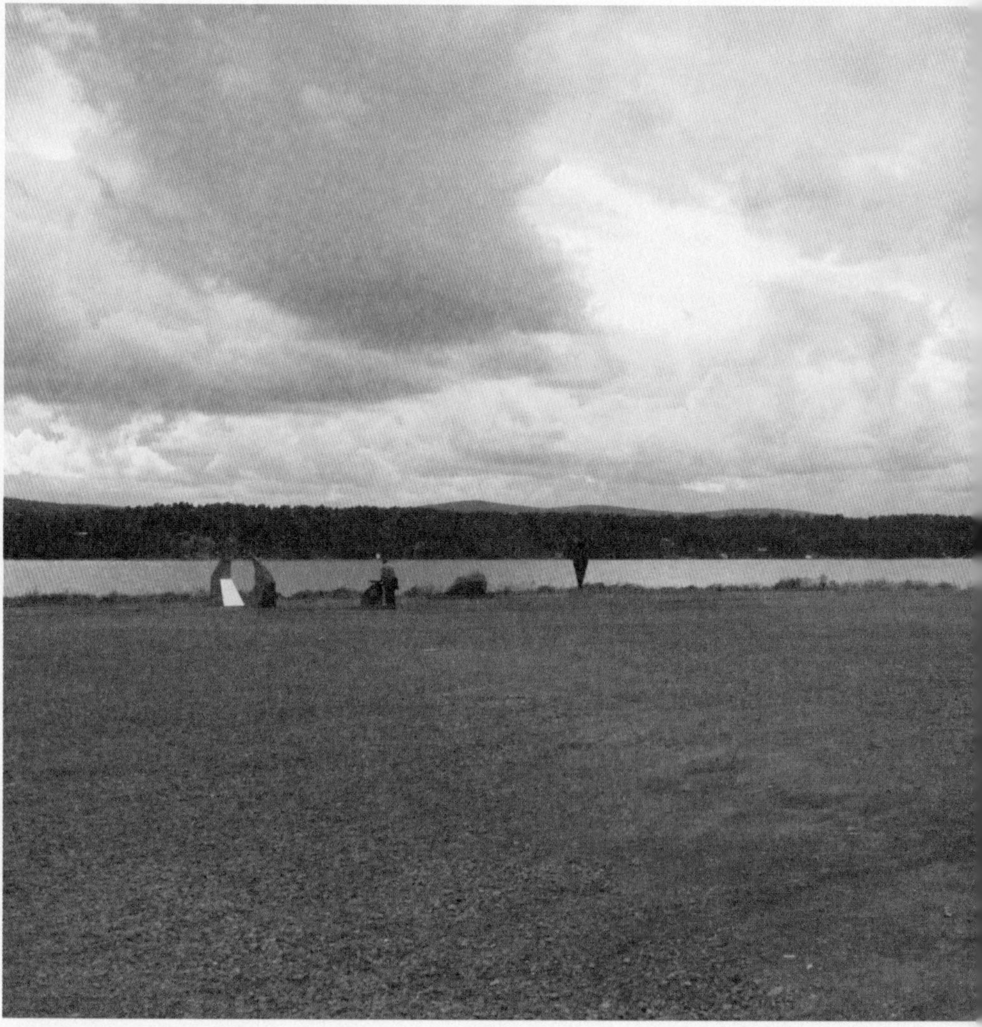

今年冬天的時候，這裡又會是另一個偉大的開始。

44 再一次遇見臺灣

剛從超市回到旅店，天空終於放晴了。午後的瑞典太陽像是溫柔的情人，輕輕地擁抱著你。

兩台高檔的登山車停在我的小木屋外頭，後面的行李還沒卸下，應該是要來投宿的單車騎士。只見兩個大嬸正在廚房前面東張西望，走來問我櫃檯的位置。

不久，老闆和大嬸從櫃檯走出來，老闆給她們找房間，閒聊了一番。「這個年輕人從臺灣來的，他從林雪平騎到卡雷蘇安多呢！」他們走過我身旁，老闆指著我說。

「臺灣！」其中一位大嬸興奮地大喊，語氣裡滿是驚喜。

「請問這裡有地方買食物嗎？」另外一位大嬸問。老闆有些尷尬地說：「村裡頭是有家超市啦！不過六點就關了。現在幾點呢？」兩位大嬸和我都同時低下頭看自己的手錶：恰恰是六點三分。

「請問我們能不能跟您買一些食物呢？拜託您了！」大嬸懇求著。「這裡是小村莊啊！」老闆有些不解，妳們既然是單車騎士，怎麼會不知道要隨身帶食物呢？老闆冷冷地回應：「我不做這種生意的，去那間屋子問問看吧！那間屋子有個女人帶著一歲大的小孩。」說完，人就走了。

傾刻間，整個旅館都陷入了沈默，彷彿所有小木屋的客人都聽見了請求，也聽見了拒絕。

我回到我的小木屋裡頭，關上了門，靜靜地坐在窗邊。

外頭遠遠的敲門聲，是女士們跑去跟其他房客問食物的聲音。

我望著櫃子上滿滿的食材：麵條、白醬、蘑菇，還有一堆罐頭。為了要慶祝旅途結束，早上我特地去超市買了一堆食物犒賞自己。

等一下，廚房會飄出白醬的濃郁奶香；等一下，我會在眾目睽睽之下享用我的大餐。無論是誰，都會被這股香氣燻得飢腸轆轆，看著白醬炒麵嘛一嘛口水。

兩位大嬸似乎沒有得到任何友善的回應，他們只好回到房間去，今晚只能坐在房間裡挨餓，一直到明天早上。任何從廚房端出的佳餚，對他們來說都會是一次殘酷的教訓。

一個晚上只要兩百克朗，這樣的價錢在瑞典實在便宜到不行。旅店老闆說：「這間小木屋是專門提供給你們這種單車騎士的。」

作為一個旅人，怎麼能看著別人在挨餓，自己卻安心地吃得酒足飯飽？

我決定走出小木屋，請兩位大嬸吃晚餐。

「你說什麼？」黑衣大嬸不敢相信自己的耳朵，她十指交握，向天禱告了一陣。

我心裡突然浮現了那些曾經幫助過我的人，沒有他們的幫忙，我不會走到這裡，也就不會成為幫助別人的人。因為回報不了，只好把這份情傳下去，也許有一天，這份情感會再次出現在我們的生命裡。

我們在外面的餐桌上一起吃著白醬炒麵，一邊自我介紹。黑衣大嬸叫伊姆加德（Irmgard），白衣大嬸則是泰瑞莎（Theresa），她們是瑞士人，都是幼稚園老師。

就在這時候，有個阿婆悄悄地走近餐桌，讚美我說：「多麼慷慨的臺灣男孩呀！」我有些錯愕，因為這不太像瑞典人的作風，瑞典人不會講這種刻意而張揚的話。她塞了幾包東西給我，「這可是瑞典軍糧，沒有開過的，請不要客氣。」我不需要這些東西，婉拒了阿婆。「你可以給她們哪！」阿婆小聲地說，然後把瑞典軍糧放在桌上，便匆匆離開了。

伊姆加德等阿婆走遠了，湊過來跟我說：「剛才我們去敲這個女人的門。」「這個女人對我們態度很差，看到你這麼慷慨，她也變慷慨了。」

被壓抑的慈悲到頭來會變成一種譴責，不知道阿婆留下了軍糧以後，是否能夠原諒自己？

伊姆加德向我問起了臺灣的近況，原來她曾經來過臺灣。

十多年前，伊姆加德因緣際會到台中領養了一位原住民男孩。撫養孩子的過程裡，伊姆加德的丈夫反悔了，丟下了伊姆加德和兩個領養的孩子。這位單親媽媽沒有因此卸下領養的責任，含辛茹苦地把兩個孩子撫養成人。

突然覺得，能夠為伊姆加德煮這一餐飯，我感到很榮幸。

在這個北極圈裡的小村莊，相遇是一個極其幸運的巧合。

也許我們在十多年前就註定好要相遇了，不約而同地騎著腳踏車到這裡碰頭。

沒有想到我幫助了一個曾經幫助過臺灣的人，一切的因緣真是不可思議。

知道伊姆加德和泰瑞莎要騎車到南邊去，我把沿途的路況講解給他們聽。

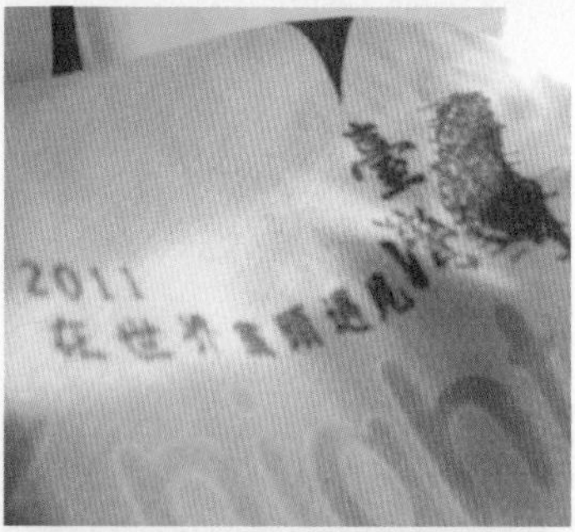

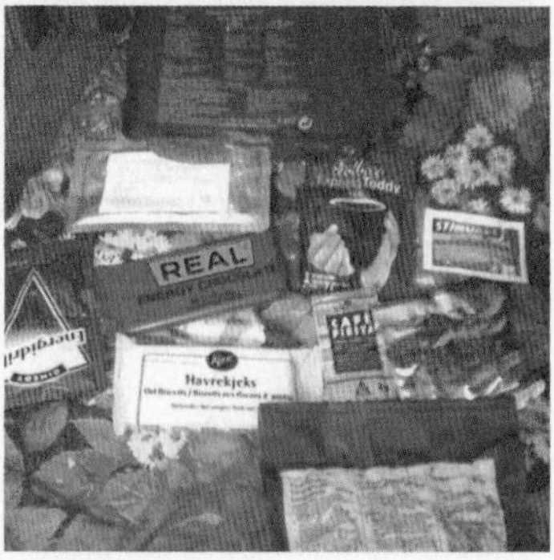

阿婆送的瑞典軍糧。

45 道別一同走過的天涯

「該回家了。」我在瑞典第二大礦城耶利瓦勒（Gällivare）逗留幾天，心裡老是想著這件事情。

旅途的終點往往不是一個地方，而是一種心境。

唯一讓我放不下心的是那台菜籃車，既沒有辦法帶上火車，託運公司開的價碼又太高，只能在當地為菜籃車找一個好歸宿。

跑遍了耶利瓦勒，二手商店這個星期關門，城裡買賣二手車的店家早在五年以前就歇業了，最後只好考慮把菜籃車送人。

這是我和菜籃車相處的最後一天了。卸下馬鞍袋的它，就像除役的老兵，昨日再為它拆下車上的燈座和碼錶，更是只留下最原始的面貌了。

過去兩個月，和許多人道別過，這回倒是頭一遭與我隨身的座騎道別。我們經歷無數的喜怒

過去五十天早已習慣和菜籃車相依為命的感覺，此刻的不捨就像緊握在手的鑰匙一樣，不肯放開。

菜籃車的臺灣身分證。

哀樂，如今得獨自面對和彼此說再見。

它無語，但我們有著一見如故的默契，從最初的相遇就是如此。

這台菜籃車跟我同樣來自臺灣，當初在林雪平的車行看車時，一眼就被它熟悉的身影和氣息所吸引。此後每天上學，挑戰北雪平，趕機場巴士，沒有一次不依賴它。

幾番生死交關，不論日曬雨淋，不論碎石礫面，不論散沙鬆土，它始終默默承受，默默陪伴。

菜籃車沒有避震器，沒有碳纖車架，從頭到尾，沒有一處值得相信它有縱橫千里的條件，但它不需要這樣的認同。它是虔誠的實踐派，唯有轉動車輪，才是它證明自己的方式。

這一路上，我們被許多高檔的自行車給超越過，在那漸行漸遠的背影後面，看著絢麗的身影消失在地平線上。但我們仍然在前進、前進，前進！不曾放棄。

過去的五十天，我們一起爬上山城基律那，一起來到了瑞典最北的城鎮，這足以證明：偉大來自於平凡，成功來自於堅持。

慢，沒有關係，生命仰賴的，是毅力。

如今我要把菜籃車留在這個陌生的小鎮了，把它交給未知的命運，我的心裡充滿掛念。

我把菜籃車送給了旅店的老闆娘，老闆娘問我：「那你會再回來嗎？」

「不會。」

話還沒說出口，我已反問自己千百遍：誰知道呢？說不定真有回來的一天。

我把菜籃車交給了這間旅店的老闆娘，徒步到火車站的路上，腳步有了新的踏實。

如果真有這麼一天，我一定會回到這間旅館，探望我的菜籃車。

把車子鑰匙交給老闆娘之前，我請她跟我一起和菜籃車合影。

照完相，終於到了交出鑰匙的時刻。拿著鑰匙的手還是握得好緊，我幾乎是「用力」放手，才把鑰匙交給了老闆娘。

頓時感覺遺失了什麼，心裡一片空白。

「再會啦！車，我們要各自展開新的旅程了。」我向菜籃車招了招手。

也許此生再不相見，但我祝福你，在未來，依舊能夠暢快地奔馳著，載著許多夢想出發，載著感動歸來。

走去火車站的路上，我感覺走得特別地踏實。

敬我摯愛的單車。

後記

斯德哥爾摩的火車站外頭，兩個月不見的瑞凱來接我。過了幾天，謝阿姨在她家為我辦了一場晚宴，為我慶祝旅途結束，也為即將回到臺灣的我餞行。重新見到許久不見的故人，總覺得恍若隔世。

因為時差，我回到臺灣的那天下午睡了一個很長的午覺，晚上六點才醒。看見窗外天黑了，我突然緊張起來：天怎麼黑了？天空不是一直都亮著的嗎？我連滾帶爬地去找開關，點亮了房間的燈火，才發現自己早已離開北緯六十度的瑞典，回到晝夜分明的臺灣。

一位夢想家曾說過：夢想，就是完成以後會有一種「自已好像做了一場夢」的感覺。盯著那昏暗卻又不全然漆黑的天空，如夢初醒的我，開始回憶起在瑞典的一切，思念起天空的遼闊與永恆，思念起人情的溫馨與純樸，真的感覺是做了一場好長好長的，夢。

這些年聽見越來越多年輕人出走的故事，無論去騎車環球，到太平洋島國記錄環境變遷，我也在這樣的風潮下展開了自己的旅程。總覺得我們這一代的年輕人很幸福，我們正處於一個前所未有的出走年代，擁有比任何前輩更多的機會到世界各地旅行。年輕，本來就該到世界的各個角落去尋找自我，和各式各樣的人互動，在海島上長大的我們，天生自有開闊的海洋性格。

但我總是提醒自己：旅行的背後永遠埋藏著，比自我成長還要豐富的感動，那是「回饋」的心情。是這樣的心情，使我走上拜訪華僑的旅途，在異鄉也能表達對故鄉的關懷，使得冰冷而陌生的地圖上有了一份熟悉與溫暖，而不只是純粹的空間移動。

旅行結束了，我仍在思考一個問題：這趟旅行最難忘的是什麼？我的答案是：人情。

往往是遠方充滿驚喜的人情味，讓我興奮地拾起行囊。

生命的精采應該來自相互的感動，無論去非洲、去西藏，還是去瑞典，總是因為當地人的友善與熱情，在我心裡留下了深刻的回憶，讓我永遠記得在坦尚尼亞的恩戈羅恩戈羅（Ngorongoro）國家公園裡，那個手指有些殘缺的小女孩牽著我的手唱兒歌；在青海與西藏交界的唐古拉山腳下，司機瓊達帶我去找傳說中的格桑花。

在我的記憶裡，人情的溫度就像放在保溫瓶裡頭一樣，每一次打開，都還暖暖的，一段又一段的回憶釋放出的餘溫，總讓我遙想著下一次的重逢。

其實每一個旅人的運氣都差不多，遇見貴人的頻率也大致相同，因此決定旅程的人，終究還是我們自己。

是我們的個性與意志，決定了方向與終點。

然而身旁的好友之中，不乏旅行批判者，在出走的風氣與價值被如此頌揚的今天，這些人顯得不合時宜。但他們的意見時常讓我反思：「旅行的代價如果只是為了個人的自信與成就，我寧願做其他更有意義的事。」對這樣「不流於俗」的想法，我部分採納。

的確，旅行的本質帶有消耗，無論在物質或心靈上，但旅行也產生了許多的情感，只是當情感只限於個人而無法被分享的時候，這樣的情感就很難變成感動。

感動應當是普遍的，而且是雋永的。

我一直在追尋雋永的感動，這樣的初衷使得旅途變得艱難，變得複雜。聰明才智在這樣的旅途中不一定管用，大多時候反而是人生的智慧才能克服難關。

我相信這不僅是我的收穫，也是讀者們的收穫，我們看見了一個年輕人的挫折與懦弱，也看見了努力和堅強。期待在未來的日子裡，我的故事會在另一個生命旅途中，化作一份支持的勇氣。

致謝

一本說故事的書，在故事的開頭就少不了許多的貴人。我在此特別感謝旅途中替我做安心回報的四位好朋友：Simon、豬豬、雲龍和瑞凱，他們每天等候我的簡訊，並把我的狀況上傳到臉書，有幾天我忘記傳簡訊的時間，他們甚至焦急地打電話過來。能夠在瑞典的各個角落和他們保持聯繫，多虧了瑞典縝密的通訊網，和暑假吃到飽的學生優惠。

謝謝當時在遙遠臺灣等待兒子回家的爸媽，他們不只是擔心，更多的是思念，畢竟我已經一年沒有回家了。

一本書的完成同樣需要很多人的幫忙，尤其是《在世界盡頭遇見臺灣》。

從我整理日記和資料的過程中，謝阿姨和敏行叔就一直是我最可靠的顧問，讓我可以為讀者呈現最詳實的華僑史和有關瑞典的故事。臺灣老華僑們大多和瑞典人一樣含蓄低調，起先都婉拒了我的報導，靠著謝阿姨替我四處奔走，說服老華僑。

第一次寫書，才發現和寫文章截然不同，彷彿從獨奏變成了表演交響樂，時時要瞻前顧後，哪裡要輕，哪裡要重，都需要拿捏。起初寫稿並不順利，要感謝好友 Simon 和曾潤坤做為我勇敢的讀者，並給我實質的建議。

謝謝還在瑞典念書的學妹芳緯，替我重新走了林雪平的許多地方，幫我把一些沒有畫面的重要場景拍下來，這些場景更能引領讀者進入到故事裡頭。

感謝小方學妹幫我製作了手繪的瑞典地圖明信片，讀者朋友在閱讀本書的時候，可以將這張明信片放在一旁，這張地圖可以讓各位輕鬆地跟著故事旅行。

如火如荼地忙著寫作的同時，我展開了研究生活，指導教授李家維老師總是默默地鼓勵著我：「你去忙你的，我們都在不同的世界努力著。」在我身心俱疲的時候，老師的信任總是一路扶持著我。

在將近四個月的出版時間裡，感謝清華大學出版社的編輯范師豪先生和陳文芳先生，以及設計公司的美編陳思辰先生，三位長輩耐心等候我的改稿和選圖，與我一起完成了各種工作。

對於過去陪伴我旅行，經歷我寫書過程的每一個人，我都致上誠摯的謝意，這一本書蘊含著許多人的夢想與努力，我在其中只是負責較多工作的一員。

在此，我要給每一位曾經為這本書出力的人們，最響亮的喝采！

附錄．這些年，清華園

二〇〇七

- 從國立台中一中畢業
- 考試進入清華大學數學系應用數學組
- 加入清華慈濟青年社（以下簡稱慈青社），開始志工生涯

二〇〇八

- 大一下試圖轉系，但因故而繼續留在數學系
- 前往浙江大學參與第二屆海峽兩岸高校生菁英團隊交流營

二〇〇九

- 擔任二〇〇九清華大學坦尚尼亞國際志工團文書長，主編募款企劃書
- 擔任清華慈青社社長
- 首次發表文章〈愛灑非洲 e 起來〉，刊登於《經典雜誌 144 期》

二〇一〇

- 卸下清華慈青社社長一職

- 在生命科學系李家維教授的推薦下，以「兩岸青年青藏單車挑戰團」計畫獲得清華夢獎學金，是臺灣首支由兩岸學生攜手挑戰青藏公路的自行車隊伍
- 獲得教育部菁英留學獎學金，赴瑞典林雪平大學（Linköping University）交換學生

二〇一一

- 工作於修車店 FR in Ryd
- 發表文章〈世界屋脊上的蒼龍〉，刊登於海外華人雜誌《北歐華人通訊》
- 在動力機械工程學系陳榮順教授的推薦下，以「在世界盡頭遇見臺灣」計畫再次獲得清華夢獎學金，展開五十天尋訪華僑的旅程
- 回到清華讀大五

二〇一二

- 擔任通識課程「跨界與探索」助教
- 以推薦甄試進入清華大學生命科學院，並進入李家維教授實驗室
- 加入校園媒體梅心聞推動「草根清華人」，報導校內的草根人物
- 前往南昌大學參與鄱陽湖生態和科技文化交流冬令營

二〇一三

- 努力為下一個夢想耕耘著

JAKO

2011

國家圖書館出版品預行編目資料

在世界盡頭遇見臺灣／羅聿著. 一初版. 一
新竹市：清大出版社，民102. 01
336面；15×21公分

ISBN 978-986-6116-35-3（平裝）

855　　101024289

在世界盡頭遇見臺灣

作　　者：羅聿
發 行 人：陳力俊
出 版 者：國立清華大學出版社
社　　長：陳信文
行政編輯：范師豪
美術設計：陳思辰
地　　址：30013新竹市東區光復路二段101號
電　　話：(03)571-4337
傳　　真：(03)574-4691
網　　址：http://thup.web.nthu.edu.tw
電子信箱：thup@my.nthu.edu.tw
其他類型版本：無其他類型版本
展 售 處：水木書苑 (03)571-6800
http://www.nthubook.com.tw
五楠圖書用品股份有限公司 (04)2437-8010
http://www.wunanbooks.com.tw
國家書店松江門市 (02)2517-0207
http://www.govbooks.com.tw
出版日期：中華民國 102 年 1 月 (2013.1) 初版
定　　價：平裝本新臺幣 380 元

ISBN 978-986-6116-35-3
GPN 1010200006